小学館

目次

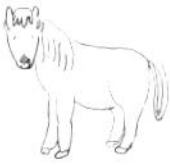

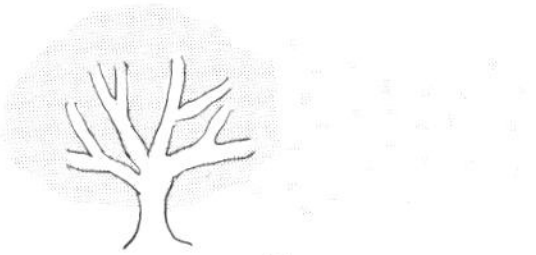

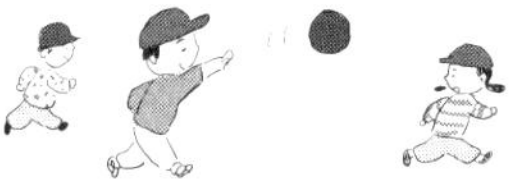

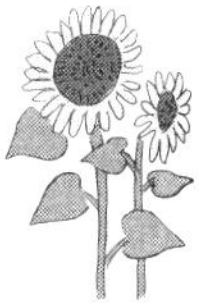

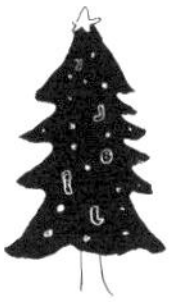

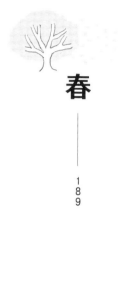

夏

真夏の西日が射《さ》し込む屋根裏の物置スペースは、熱気と湿気が籠もりにこもり、まるでサウナのなかにいるようだ。身長百八十センチ、体重三桁近い巨体を屈《かが》め、八代銀治《やしろぎんじ》は部屋の隅に置いてある段ボール箱まで這《は》うようにして進む。何十年もそこに置かれたままであったのだろう、段ボール箱は黄ばみ、角が破れかけてまさに崩壊寸前の状態だ。

銀治はそっと箱に手をかけ、床のうえを滑らせる。もうもうと立った埃《ほこり》が汗にまみれた顔に貼りつく。階下への出入り口まで引っ張って来、段ボール箱を抱え持ち、後ろ向きの姿勢で銀治は簡易階段をゆっくりと降りる。

「気をつけてくださいね」

二階の廊下に立つ、この家の主人である高齢の男性が銀治に向かって声をかけた。

「だいじょうぶですよ」

そろりそろりと足を運びながら銀治はこたえる。階段を降り切ったところで銀治は正面を向き、床の空いたスペースに段ボール箱を置いた。

「これで最後です。屋根裏は空っぽになりました」

首に巻いた手ぬぐいで顔を拭うと、白かった生地が真っ黒に汚れた。

「暑いなか、ほんとうにありがとうございました。これ使ってくださいね」

男性の妻である老婦人が濡《ぬ》らしたタオルを差し出す。礼を言って受け取り、首すじから額まで拭き上げる。冷蔵庫で冷やしてあったのか、冷たく湿ったタオルがとても心地よい。

細長く延びた二階の廊下には、今日一日かかって銀治が下ろした座布団の束だのスキー板だの古い靴の詰まった袋だのがすき間なくびっしり並んでいる。

「いやあ、いつか整理しなきゃと思ったまま時間が経《た》ってしまってね」

銀治の視線を感じたのか、男性が白髪《しらが》頭を掻《か》きながら弁明するように言う。

「建ててから四十五年、でしたっけ」

銀治が問うと、男性がおおきく頷《うなず》いた。

「そうそう。建てたばかりのころは子どもたちもまだ中学生でねえ。祖父《じい》さん、祖母《ばあ》さんもいたものだから、荷物ばっかり増えちまってさ」

「それがいまや……この広い家にわたしたちふたりだけですものね……」

もはや粗大ごみと化したかつての愛用品を、淋《さび》しそうな目で見つめながら老婦人がつぶやいた。

ぽつりと放たれたそのことばが、ちくり、銀治の胸を刺す。

昔はにぎやかであっただろう家は、いまではすべてを飲み込み、沈黙し、ふたたび活気を取り戻すことはないであろう。そう、おれの家のように——

「でもおかげであとはじぶんたちだけで始末できそうだよ。ありがとうシルバーさん」

男性のことばではっと我にかえる。

「いえ、たいしたことはしていませんし」

じぶんよりひと回り以上年上の老人にシルバーさんと呼ばれ、思わず銀治は苦笑いを浮かべながら手を振った。

銀治は月野《つきの》市のシルバー人材センターに所属する委託職員だ。長年勤めてきた警備会社を六十五歳で定年退職してから三年、暇な時間を持て余し、半年ほど前にセンターに登録した。以来、おもに家の片付けや掃除、庭木の剪定《せんてい》や草むしりなどの依頼を担っている。

「お疲れになったでしょ。下でひと休みしてくださいな」

老婦人がくるりと踵《きびす》を返した。その拍子に積まれた本の山に躓《つまず》き、緩んだ紐《ひも》がほどけて本がばらばらと床に散らばる。

「あらあら」

「あらあらじゃないよ。しっかりしてくれよ、まったく」

男性が散らばったうちの一冊を取り上げ、何気ないふうでページをめくった。とたん、顔じゅうに驚きの色が広がる。

「母さん、これ、なくなったと思ってたアルバムだよ、ほら」

「え？　あらまあ」

横から覗《のぞ》きこんだ老婦人の顔がみるみるうちに輝いていく。

「これ弘子《ひろこ》じゃないの、幼稚園に入る前の」

「そうだよ。で、隣に座ってるのが崇《たかし》だ」

「まあ、ぷくぷくしちゃって」

「この庭、あれだよな、川越の家だよな」

「そうね。これがお祖母ちゃんで、抱っこされてるのが充《みつる》よ」

「懐かしいなあ」

銀治の存在など忘れたかのごとく、ふたりは夢中でビロード張りの古びたアルバムをめくっていく。一枚いちまい写真を指さしては「三島のよっちゃんだ」「尚美《なおみ》姉さん、若いわねえ」と顔をほころばせ、声を上げる。

そうか、家族写真か。一歩離れた場所で、銀治は老夫婦を見つめる。

とうに過ぎ去った昔の、一家の思い出。この夫婦がともに歩いてきた長い人生のかけらたち、か——

見つめているうちに、だんだん銀治は胸苦しさを覚え始める。苦しさは、やがて乾いた砂礫《されき》がぶつかり合うような淋しさに変わり、銀治のこころを激しく揺さぶる。

いかん。この場で感情に流されてはいけない。こころを乱してはならない。

銀治はあえて明るい声で告げる。

「じゃあわたしはそろそろ」

写真に見入っていたふたりが揃《そろ》って顔を上げ、あわててアルバムを閉じた。

駅前の月野市役所から歩いて数分、ちいさな児童公園の横に、シルバー人材センターの入居するビルはあった。もとは市役所の分室かなにかだったのだろう、飾り気のない灰色の三階建てのビル、その二階のワンフロアがセンターの事務所として使われている。

出入り口を入ってすぐの事務室で、銀治は老夫婦のサインが入った「作業終了証明書」を提出し、ついで「日勤表」と書かれたノートに日付と時間、名前を記入していき、最後に判を押した。これで今日の作業はすべて終了だ。銀治は腕時計に目を落とす。五時二十分。梅雨明けしたばかりの七月半ばとあって、窓から射し込む陽《ひ》はまだまだ明るい。とはいえやるべきことはもう何もない。

帰ってテレビでも観《み》るか。どこかの局で野球中継でもやっていたらいいんだがな。巨体を丸めて事務所を出ようとした銀治は、ちょうど入って来た小柄な男性とあやうくぶつかりそうになる。

「すみません」

相手の顔も見ず、うつむいたまま謝ると、

「銀ちゃんじゃないか。なんだいなんだい、もう終わったの？」

やや甲高く、明るい声が返って来た。ようやく頭を上げる。センターで唯一仲のよい鈴木《すずき》竜平《りゅうへい》が、人のよさそうな顔を皺《しわ》だらけにしてほほ笑んでいた。

「ああ竜平さん」ほっとした思いで銀治も笑みを返す。「うん、いま帰るところです」

「あいかわらず怖い顔しちゃって。どうしたの」

「どうもしません。これが地顔です」

「そうか。長いこと勤めてたんだもんな、警備会社。その顔だったら不審者はおろかお客さんまで怖がっただろ」

「そんなことは」

「しかも剣道やってたんだもんな。まさに鬼に金棒だわな」

「いや、やっていたと言っても中高と剣道部だっただけで」

「まあ防犯上よかった、よかったっていうことで」

竜平が、かかかとおおきな口を開けて笑った。仕方なく銀治は愛想笑いを浮かべる。

竜平が緩んだTシャツの首もとを摑《つか》んで、ぱたぱたと風を入れた。

「おれもいま終わったとこ。ちょうどいいや、休憩室で涼んで行かないか」

「いやわたしは」

「なに、予定でもあんの」

「そういうわけでは」

「じゃ行こう行こう。ちょっと待ってな、すぐ終わっから」

竜平の勢いに押され、銀治は仕方なく頷いた。からだを壁に寄せるようにして竜平の通るすき間を確保する。

事務室の奥にある休憩室には、銀治たちのほか誰もいなかった。

「銀ちゃん、コーヒーでいいかい」

壁際に一台だけ置いてある自販機の前から竜平が聞いてくる。

「あ、はい。あ、いえ、じぶんでやりますから」

急いで近寄るも、すでに竜平が二本買い終わったあとだった。

「はいよ」

「すみません。いまお代を」

「いいっていいって、これくらい」

笑って手を振り、手近のパイプ椅子に竜平が腰掛ける。

「恐縮です。ありがとうございます」

よく冷えた缶コーヒーを手に竜平の隣に座る。年季の入った椅子がみしりと音を立てた。竜平が勢いよくプルタブを引き上げ、喉を鳴らしてコーヒーを飲む。

「くうーっ美味《うま》い！　これがビールなら言うことないんだがな」

がははと大口を開け、屈託なく笑う。つられて銀治も笑った。

竜平は銀治のふたつうえ、七十歳だ。現役時代はずっと百貨店で接客をしていたという。気さくで明るく、慣れない人間には少し暑苦しく感じるくらい陽気な性格だ。無口で、人づきあいの苦手な銀治にも、センターに入ったときからなにくれとなく声をかけてくれ、おかげで竜平にだけはあまり気を使うことなく接することができるようになった。

「銀ちゃん、今日はなにしてたの」

痩せて小柄な竜平が見上げるようにして問う。

「家の片付けです。竜平さんは？」

「おれ？　おれは網戸の張替え。いやー藪蚊《やぶか》が多くてさ、あっちこっち食われちゃったよ」

竜平がTシャツの袖をまくりあげた。細い腕に、点々と赤い膨らみができている。

「それは大変でしたね」

「まぁね。でも仕事があるだけましだよ。家にいても母ちゃんに邪魔者扱いされるだけだもんな」

銀治は黙って頷いた。竜平は同い年の妻とふたりで市内のマンションに暮らしている。

口喧嘩《くちげんか》は絶えないだろうけれども、にぎやかなふたりの暮らし。おれには築けなかったもの
――しぜんと眉間が曇ってゆく。

いかんいかん。感傷にひたっている場合ではない。銀治は両手でわしわしと乱暴に顔を撫《な》でた。

と、休憩室のドアが開き、半袖のワイシャツに紺色のズボンを穿《は》いた若い男性が顔を覗かせた。

「あ、八代さん。よかった、もう帰っちゃったかと思ってました」

ほっとしたような声を出す。市役所職員でセンター担当の平岡啓介《ひらおかけいすけ》だ。

「よっ平岡ちゃん！」

竜平が右手を上げる。ぺこりと頭を下げてから啓介がなかに入って来た。

「八代さん、明日からしばらく仕事入ってないですよね」

手にしたタブレットに目を落としながら啓介が問う。銀治は頭のなかでざっと今週の予定をさらった。

「ええ。次は来週水曜にエアコンの清掃が入ってるだけです」

「そしたら急で悪いんですが、明日の水曜から来週火曜までの一週間、草むしりの仕事、引き受けてくれませんか。担当の大山《おおやま》さん、親戚にご不幸があったとかで、神戸まで帰らなきゃいけないそうで」

「構いませんよ」

銀治は即答する。ちょうど週末を含めた七日間、どうやって時間を潰そうか悩んでいたところだ。啓介がほっとしたように頬を緩ませた。

「助かります」

「で、場所は？」

啓介がタブレットをタップする。

「ええと『ふたば保育園』です。入間町《いるま》の」

「保育園!?」思わず悲鳴のような声が出た。「保育園に？　しかも一週間も？」

ひとと接することが苦手な銀治だが、そのなかでもとくに女性と子どもは大の苦手だ。どちらともどう接してよいかわからない。

にやにや笑いながら竜平が口を挟む。

「銀ちゃんが保育園ねぇ。熊と間違われて鉄砲で撃たれたりして」

ばーん！　手で撃つ真似《まね》をする。

「そうですよ。わたしなんかが行ったら子どもが怖がります」

椅子を引き、両手をおおきく振った。啓介がテーブルに両手をつき、身を乗り出す。

「だいじょうぶですよ。ていうかもう八代さんしか空いてないし」

「いやしかし」

「お願いしますよ、ほんと困ってるんです」

「そうはいっても」

「それに『ふたば保育園』はこぢんまりとしてて、アットホームな園ですし。園長先生もほかの先生がたも穏やかでいいひとばかりだし」

「平岡ちゃん、ずいぶん詳しいね」

竜平が目を丸くする。天然パーマでちりちりに縮れた髪を啓介がわしゃわしゃとかきまわした。

「じつはうちの坊主が通ってるんです。だからぼくもよく送り迎えをしてて」

「え、平岡ちゃん、子どもいんの？　まだ若いのに」

「若くないですよ。もう三十六ですよ、ぼく」

太い眉と丸い目が同時に八の字を描く。その表情のまま啓介が銀治ににじり寄る。

「なんでも梅雨前に頼んでた業者さん、手違いがあって来てくれなかったらしくて。わりと広い園庭なんですけど、もう草がぼうぼうで。藪蚊もひどいし、アブや蜂まで来るようになっちゃって。園としてもすごい困ってるみたいなんです」

「あーそりゃかわいそうだわ。子どもってえのはただでさえ肌が柔いからなぁ」

竜平がわざとらしく腕を掻いた。

「この通りです、八代さん」

啓介がテーブルに額がつくほど頭を下げる。

「行ってあげなよ、銀ちゃん。草むしりするだけだろ？　べつに子どもの世話焼くわけじゃねえんだろ」

「もちろん。園児や保護者とはいっさい関わらないで結構です」

「人助けだと思ってさぁ」

竜平と啓介が正面から銀治を見据える。さすがの銀治も、ここまで言われて否とは言えない。

「……一週間、だけですよね」

吐息とともにことばを押し出す。啓介の顔がぱっと輝いた。おどけたしぐさで竜平がめだまをぐるんと回した。


翌朝八時前、ハナミズキの並ぶ歩道を銀治は歩いていた。

まだ朝だというのに気温はぐんぐん上がっている。草むしりに備えて帽子をかぶり、長袖長ズボンすがたの銀治の額に早くもおおつぶの汗が噴き出る。肩から斜めにかけたずだ袋には、鎌や軍手といった備品一式が入っている。使い込んだずだ袋は灰色に変色し、あちこちにシミがついているが、洗うのも面倒なのでもう何年も汚れたままだ。

歩道のさきにコンビニが見えて来た。銀治は昨日啓介にもらった地図に目を落とす。ここを右に曲がったすぐさきが目指す「ふたば保育園」らしい。

歩道を右折したとたん、子どもたちのにぎやかな声が響いてきた。声だけでなく、駆けまわる男の子や女の子のすがたも見える。

　あそこか。銀治は車一台がやっと通れるほどの細い道を大またで歩いてゆく。

　明るい色のレンガ塀に囲まれた二階建ての建物。出入り口の門は銀色に輝く金属製で、ゆるやかなアーチ型をしている。門の横には「ふたば保育園」と刻まれた金属のプレート。門の前に広がる車三台分ほどのポーチは、登園する親子連れでいっぱいだ。銀治はなるたけ親子たちと視線を合わせないようにしながらポーチを横切り、門をくぐろうとした。そのとき。

「なんですか、あなたは⁉」

　三歳くらいの女の子を抱っこした女性が、いきなり背後で叫んだ。出入りする保護者がいっせいに銀治を見る。

「保護者ですか？　それとも業者さん？」

　叫んだ女性が後ずさりしながら銀治に問う。

「いえ、違います、あ、いえ、その」

　突然の詰問に舌が縺《もつ》れる。そのようすを見てさらに女性が銀治から離れた。つられるように周囲のおとなたちも、それぞれの子の腕を摑み、あるいは抱き上げて素早く銀治から離れてゆく。警戒心もあらわに睨《にら》むもの、書類鞄《かばん》を盾に子どもを守るもの、果ては通報しようというのかスマホを取り出すものまであらわれた。

　いかん。早く誤解を解かねば。銀治は焦る。

「あのですね、わたしはその、怪しいものではなくてですね」

焦ればあせるほど頭も口も回らない。この場にいる全員がそんな銀治の一挙手一投足を凝視している。混乱のまっただなかで銀治ははっと思いつく。

そうだ、人材センターの身分証！　あれを見せれば。

身分証を取り出そうと銀治はズボンのポケットに手を突っ込んだ。保護者たちの顔がいっせいに青ざめる。

「不審者だ！」

「刃物を持ってるぞ！」

「先生、せんせーいっ！」

保護者らしき女性がひとり、叫びながら園内に駆け込んでゆく。同時に三十代とおぼしき男性ふたりが、銀治に飛びつき、羽交い締めにしようとする。

「だから、ちがちがちが」

銀治は必死に抗《あらが》うが、若い男性ふたり相手ではいくら大柄な銀治でも身動きすらままならない。

「どこですか不審者は！」

園内からさすまたを持った、赤いチェックのエプロンすがたの女性がひとり駆けて来た。えらの張ったいかつい顔に、きりりと上がった気の強そうな眉毛が特徴的だ。

「克代《かつよ》先生、あそこです！」

保護者のひとりが銀治を指さして叫ぶ。克代と呼ばれた女性が血走った目を銀治に向ける。

「この不届きもの！」

さすまたを構え、銀治に向かって突進してくる。

もうだめだ。思わず銀治は目を瞑《つぶ》った。

と、低くてよく通る声が、おっとりとした調子でポーチに響き渡る。

「シルバー人材センターの八代さんですね。おはようございます」

なんという朝だろう。そして不審者と間違われるとはなんという屈辱だろうか。だから嫌だと言ったのに。

フェンスで隣家と区切られた園庭の端、滑り台の脇の植え込みで雑草を引き抜きながら、銀治はさきほどまでの騒動を思いだす。

園長である篠原多佳子《しのはらたかこ》のひと声で、とりあえず騒ぎは収まった。だが保護者たちの視線は冷たく厳しいままで、まるで罪人のような気持ちで園のなかへと入った銀治は、篠原園長の案内のもと、駆け足で園内を巡った。

「ふたば保育園」はLを左右ひっくり返した形をしている。アーチをくぐった数メートルさきに正面玄関があり、玄関からまっすぐ延びる廊下の右側に三歳児〜五歳児の部屋が配置され、Lの横棒にあたる部分におおきなホールが備えられていた。子どもたちの部屋の手前に調理室と職員室、そして保健室があり、玄関のすぐ前にある階段を上ると、ゼロ歳児から二歳児までの乳児を保育する部屋などが並んでいる。

「外で遊んでいる子どもたち、みんないろんな色の帽子をかぶっているでしょう?」

案内をつづけながら篠原園長が園庭を指し示した。

「帽子の色で何歳児かわかるようになっているんです。いま園庭にいる子たちは、赤が三歳児のうさぎ組、黄色が四歳児きりん組、そして青が最年長の五歳児ぞう組です」

赤に黄色、青。まるで信号だ。遊びまわる子どもたちをぼんやり見ながら銀治は思う。

銀治の「仕事場」である園庭は、ホールと年長児たちの部屋に囲まれ、中庭のようなかたちで広がっていた。中央部分は平らで、夏場であるいまは、縦横十メートルほどの簡易プールがでーんと鎮座している。園庭のきわには、ぶらんこや滑り台、シーソーや砂場といった遊具。遊具とフェンスのあいだには植え込みが設けられており、梅雨のあいだに伸びたのだろう、どくだみや猫じゃらしといった雑草にびっしり覆われていた。植え込みは武蔵野の森をイメージしたという作りで、すべて合わせればテニスコート一面くらいの広さはあろうかと思われた。なかには銀治の胸に届くくらいの草もあり、確かに啓介の言うように、これだけ繁《しげ》っていれば藪蚊もアブもわくだろうと銀治も納得する。しかしこの面積と量。ほんとうに五日間で終わるだろうか。銀治は一抹の不安を覚える。

職員は、ざっと見たところ十五人ほど。全員が女性だ。まだ学生のような若い保育士から、銀治に近い年齢の女性まで年代はじつにさまざま。だがおばあちゃん先生といえど女性は女性、苦手意識に変わりはない。会う職員ごとに紹介しようとする親切な篠原園長に丁重な断りを入れ、銀治はそそくさと「仕事場」に退散したのだった。

長袖シャツを着ていても、照りつける日差しがじりじりと肌を焼く。丈高い草に阻まれ風も通らず、湿度が上がってゆく。拭ってもぬぐっても汗が滴り落ち、藪蚊が群れをなして襲い掛かって来る。過酷極まりない職場環境だったが、園児や保育士のなかに混ざって働くことを考えれば、ここは天国のように銀治には思える。

小一時間も働いたろうか。銀治の後ろに、抜いた雑草の山がこんもりと出来上がった。

いったんごみ袋にまとめたほうがいい。銀治は痛み始めた腰を軽く叩《たた》きながら植え込みから出た。

とたん、滑り台で遊んでいた数人の子どもたちが、ぎょっとしたように立ち竦《すく》む。みな一様に目を見開き、金縛りにあったように身動きひとつしない。

まずい。怯《おび》えさせてはだめだ。銀治はくるりと背を向け、そろり、植え込みに戻る。一歩足を踏み出したとたん、

「うぎゃあ!」

いちばん手前にいた体格のよい坊主刈りの男の子がひと声甲高い悲鳴を発した。ついで火がついたように泣き喚《わめ》く。泣くだけでなく、地面にひっくり返り、燃やされる毛虫のようにじたばたと転がりまわる。泣き声はやがて「あー」とも「きー」ともつかない奇声に変わってゆき、動きはますます激しくなっていく。

その奇声を聞いて一緒に泣き出す子、耳をふさぎうずくまる子、教室に逃げ込む子——園庭はあっというまにパニックに包まれてしまう。

なんだこの子は。銀治は動揺する。癇癪《かんしゃく》を起こす子どもはバスや電車で見かけたことはある

が、いま地面に転がり、もがきつづけるこの子の、発作のような激しい声や動きは見たことがなかった。

とにかくこの子を落ち着かせなければ。保育士、保育士は近くにいないだろうか。銀治は再度向き直り、血走った目で園庭を見回す。

だがその行動がかえって子どもたちの恐怖を煽《あお》ってしまったらしい。隣のブランコやシーソーで遊んでいた子どもたちまで猛烈な勢いで泣き始めた。蟬《せみ》が何百匹もいっぺんに鳴き出したような煩《うるさ》さだ。

どうしたらいいんだ、こういう場合は。銀治の動揺は広がっていく。笑えばいいのか？　それとも歌ったり踊ったりしたほうが。いやここでいきなり踊りだしたら、それこそ不審者になってしまう。そもそも俺に踊りなんて。

「なにやってるんですか！」

叫び声とともに保育士がひとり、こちらに向かって走って来た。朝のさすまた女、克代とかいう先生だと銀治は気づく。もうひとり、真横から走って近づいてくるのは、銀治が朝、学生かと思ったほど若い保育士だった。

「なにってわたしはただごみ袋を」

「いきなりあらわれないでください！　子どもが怯えるでしょう！」

きつい口調で克代が詰る。そのもの言いにさすがの銀治もむっとする。じゃあどうすればいいというのだ。「出ますよーいいですかー」と予告でもせいというのか。そっちのほうがよっぽど怪しいではないか。

黙り込んだ銀治を横目に、今度は若い保育士に向き直り、克代は強い調子でつづける。

「ひとみ先生もひとみ先生よ。じぶんのクラスほっぽり出してなにやってたの」

ひとみと呼ばれた若い保育士は、克代の剣幕に押されたのか小柄なからだをさらに縮こめた。

「あのプールのお掃除を」

「そんなのパートさんにやらせればいいじゃない」

「でもごみがたくさん浮いてて」

「新人のくせに口ごたえしない！」

ぴしりと克代が言い放つ。ひとみはくちびるを噛《か》んでうつむいた。克代が泣いている子どもたちに語りかける。

「だいじょうぶだよ、みんな。このおじさんはね悪いひとじゃないの。草むしりに来ただけ。顔は怖いし、からだもおおきいけど、それだけだからね」

悪かったな怖い顔で！　しかもからだがでかくて！　銀治はこころのなかで叫ぶ。

「さ、泣かない泣かない。お部屋に戻ってプールの準備しよう」

べそをかいていた園児たちの顔が、プールと聞いてぱっと輝く。

「やったあ」

「プールだ！」

我先にと部屋に向かって駆けだしてゆく。

さっきまで泣いていたのに、もう笑顔か。子どもの柔軟性とはすごいものだ。なかばあっけに取られて銀治は思う。

けれどひとりだけ、最初に泣き喚いた男の子だけはいまだに地面に転がり、なにごとか喚きながら両手足を振り回している。やがて振り回していた手で、がんがんじぶんの頭を叩き始めた。一種異様な光景に銀治はぼう然とする。

「ひろくん、だいじょうぶ、だいじょうぶだよ。痛いから頭をがんがんするのはやめようね」

打って変わって優しい声で克代が「ひろくん」と呼んだ男の子の背中を撫でさする。

「そうだよ、ひろくん。さ、プール入ろう、プール」

ひとみと呼ばれた若い保育士も横合いから口を出す。だが男の子は泣き止《や》まず、園庭を転がりつづけている。

なんだ、なんなんだこの子は。どうして泣き止まないんだ。銀治は少し離れたところから困惑したまま男の子の挙動を見守る。

克代がちいさくため息をついた。

「ひろくんはわたしが見ますから、ほかの子たちをお願いねひとみ先生」

「はい」

男の子に寄り添う克代に、銀治はあわてて声をかける。

「あの。それでごみ袋はどこに」

「職員室」

振り向きもせずに克代が言う。

なんて愛想のない女なんだ。もっともおれに言う資格はないが。割り切れない気持ちのまま、銀治は職員室に向かう。

職員室にいたのは園長の篠原だけだった。いちばん奥のデスクに座り、眼鏡をかけて書類を見ている。入って来た銀治に気づき、顔を上げた。

「お疲れさまです、八代さん」

眼鏡を持ち上げ、にっこりほほ笑んだ。篠原園長の目を見ないまま、もごもごと銀治は挨拶を返す。

「あの、ごみ袋はどこでしょうか」

「あそこの清掃用具入れに入っています。いちばん下の棚」

礼を言って銀治は部屋の隅にある、表面がぼこぼこになったグレーの用具入れを開ける。なんだよ、保育士より園長のほうがずっと親切じゃないか。

ごみ袋を引っ張り出していると、篠原園長が笑いを含んだ声をかけてきた。

「さっそく『洗礼』を受けちゃったようですね、八代さん」

「は？『洗礼』？」

「克代先生に怒られてましたね。見てましたよ、ここから」

篠原園長がボールペンで横の窓を差した。

「あ、はい、まあ。あの先生は副園長かなにかですか？」

気まずさで銀治は顔を上げられない。篠原園長の低く、穏やかな声が降ってくる。

「いえ、克代先生は五歳児の担任です。もうひとりの担任がひとみ先生」

「はあ」

「克代先生、けっして悪いひとではないんですよ。ただちょっとまじめすぎるというか、思ったことがそのまま口に出ちゃうというか」

篠原園長が眼鏡を取り、指で眉間を揉《も》んだ。

ほんとうにそうだろうか。にしたって、ものには限度というもんがあるだろうが。

銀治の不満げなようすが伝わったのだろうか、篠原園長がつづける。

「どうか懲りずに園児と関わってやってくださいね。ほら、いまって核家族化が進んで家におじいちゃん世代がいない家庭が増えてるでしょう。あの世代の子どもたちは、できるだけいろんな年齢や性別のおとなと触れ合ったほうが成長にいい影響をもたらすんですよ」

「いやでもわたしは子どもは苦手で」

「ちょっとした話をするだけでもいいんです。親族以外の年配のかたと話すなんて、いまはなかなかないことですから」

「だったら男性の保育士を雇ったらいいんじゃないですか」

疑問を口に出す。篠原園長が眼鏡をデスクに置き、軽いため息をついた。

「常に募集はしてるんですよ。でももともと保育士資格を持つ男性が少なかったり、お給料が安かったりで、なかなか、ね」

「そうなんですか」

「ほんとうは男性がせめて三分の一くらいはいて欲しい。力仕事もありますし、なにより現実の世界では男女半々じゃないですか」

「それはまあ、そうですね」

両手にごみ袋を抱え、銀治は頷く。

「ほら。こんなポスターも作って募集かけているんですよ」

篠原園長がデスクのうえから紙を一枚取り上げ、銀治のほうに向ける。紙には『保育補助募集中。パート可。年齢・資格不問。男性歓迎』と書かれてある。

「いかがですか、勤めてみませんか」

銀治は手と首を同時に振り、あとじさる。

「いやいやいや、わたしには無理です。絶対に無理」

篠原園長がいたずらっぽい笑みを浮かべた。

「気が変わったらいつでも言ってくださいね。あ、暑いから水分補給と休憩はしっかりお願いします」

篠原園長のことばに軽く一礼し、職員室を出ようとしたところで、さっきの泣き喚いていた男の子のことを思いだす。もう泣き声は聞こえてこないので、ようやく泣き止んだのだろう。

「そういえばあの最初に泣き出した子、ずっと地面に転がっていて、なんというか……ちょっとほかの子とは違う感じがしたのですが……」

「ああ、掛川大翔《かけがわひろと》くん。あの子は……」

快活だった篠原園長の声のトーンが少し下がった。

「なにか？」

園長のくちびるが動きかけ、だがそこで止まってしまう。

「……いえ、なんでもありません。草むしり、よろしくお願いしますね」

ふたたび園長に穏やかな笑顔が戻る。

軽く頷いてみせてから銀治は職員室を出た。

大翔と呼ばれたあの子、なにか問題でも抱えているんだろうか。見た目は普通の子どもと変わらないけれども。そもそも五歳の子どもに問題なんてあるものだろうか。たまたま虫の居どころが悪かっただけなのだろう、きっと。

そう考えてじぶんを納得させ、銀治は園庭に戻るべく歩いていく。と、廊下のいちばん端、五歳児室から、またしても克代の大声が響いてきた。

今度はなんだ。壁にからだを寄せ、首だけ伸ばしてそっと部屋を覗き込む。相対するように立つ克代とひとみ、そしてふたりのあいだに、くちびるを突き出し、いまにも泣きだしそうな顔の女の子が座り込んでいた。

「ほんとうにないの？　ちゃんと確認した？」

腰に手をあて、克代がひとみに問いただす。

「はい……」

小声でひとみがこたえる。

「毎日言ってるじゃないの、必ず水泳帽を持たせるように保護者に伝えなさいって」

「申し訳ありません」

ひとみが腰を直角に曲げた。

「せんせー、舞《まい》、プール入れないの？」

ひとみのエプロンの端を掴み、女の子が泣き出しそうな声を上げる。

「だいじょうぶよ、舞ちゃん。すぐ代わりの帽子、出してあげるからね」

園児の視線に合わせるように克代がしゃがみ込む。

「代わり、あるの？」

「あるよ。ひとみ先生、後ろのたんすに卒園児から寄付された帽子があるはずだから、探してあげて」

「はい」

ひとみがたんすに走ってゆく。克代が立ち上がり、部屋から出ようとからだの向きを変えた。まずい。見つかったらまたなにか言われるに決まってる。

銀治はあわてて回れ右し、園庭に降りようとした。とたん足がなにかにぶちあたり、どんがらがしゃっ、派手な音が響き渡る。足もとを見ると、おおきな缶がひっくり返り、色とりどりのブロックがあたり一面に飛び散っていた。

「またあなたですか！」

すかさず克代の鋭い声が飛んでくる。なにごとかとひとみと舞が首を突き出し、こちらを見る。

「ああもう、こんなに散らかして！　すぐに片付けてください。園児が踏んだら危ないでしょ！」

「すみません」

しゃがみ込み、急いでブロックを缶に戻してゆく。

「ひとみ先生も見てないで、早く帽子探して！」

「はいっ」

ひとみと舞の顔が引っ込んだ。克代はなにやらぶつくさ言いながら、園児たちの歓声が響く簡易プールへと歩いていく。

まったくなんてことだ。だから保育園など嫌だと言ったのに。

今日何回めになるかわからぬ呪詛《じゅそ》のことばをつぶやきながら、銀治はブロックを摘《つ》まんでは缶に戻してゆく。幼児用に作られたブロックはちいさくて細かく、銀治の太い指では摘まみにくいことこのうえない。五分ほどかけてようやくすべてを戻し終えた。

ますます痛みの増した腰を、そうっと伸ばしながら立ち上がる。やれやれ、やっと「本業」に戻れそうだ。

缶を壁際に置き、靴に足を突っ込もうとした銀治は、なんの気なしに五歳児の部屋を振り返った。なかではひとみが必死の形相で、あっちのたんすを引き出したり、こっちのかごを掻きまわしたりしている。足もとではもはや半泣きの舞が、ひとみのエプロンを握りしめて訴えていた。

「ひとみ先生、まだー？」

「待ってね、もうちょっと、もうすぐだから」

「舞も早くプールで遊びたいよ」

舞が地団太を踏む。おおきな瞳《ひとみ》に涙のつぶが盛り上がる。

まだ見つからないのか。かわいそうに。銀治はそっとその場を離れようとした。と、気配を感じたのか、ひとみがさっと振り向く。銀治と目が合うや、駆け寄って来た。

「シルバーさん！　よかった、帽子探すの手伝ってください！」

「は？　え？」

「お願いします！　早く見つけてあげたいんです」

ひとみが膝につくくらい頭を下げる。肩のあたりで切り揃えた髪がぱらりと揺れる。

「いやでもしかし」

「おじいちゃん……」

舞の瞳から、おおつぶの涙が、ぽろり、流れだす。白桃のような頬をつたい、涙が滴り落ちる。銀治の目と舞の目が合う。おおきな瞳、長いまつ毛——舞の顔に、ひとり娘の陽子《ようこ》のおもかげがふいに重なる。

そう、陽子もよく泣いていた。仕事で何日も家を留守にしたとき、遊園地へ行くと約束したのに急に仕事が入り約束を反故《ほご》にしてしまったとき、疲れ切って家に帰り、まとわりついてきた陽子に思わずきついことばをかけてしまったとき——

だめな親だった。父親失格だった。だからいま、その報いを受けているんだ――

いかん。いまここで感傷にひたっている場合ではない。こみあげてくるさまざまな感情を、頭を振って脳裏から払い落とす。

「おじいちゃん、お願い」

舞が銀治の膝に縋《すが》りついた。ズボンのうえからでも、舞の体温が伝わって来る。舞が銀治を見上げた。黒目がちの瞳に新しい涙のつぶが浮き上がる。

仕方がない。罪滅ぼしと思えばいい。せめてこの子のちからになってやろう。

銀治は履きかけた靴から足を抜き、部屋へ上がった。

「ありがとうございます!!」

ひとみが頭をはね上げ、たんすに戻っていく。銀治はざっと部屋を眺めた。右手には背の低いたんすが並んでいる。左手の壁沿いに園児の名前が書かれたロッカー。奥のふたつは抽斗《ひきだし》のついたたんすになっている。そのふたつを奥から順に銀治は開けてゆく。

ひとつめの物入れは、雑巾やシーツといった布がぎっしり詰まっていた。もうひとつの物入れをうえの段から開けてゆく。と、三段め、やや深めの抽斗にピンクや水色の帽子が何枚か重ねてある。銀治はピンク色の帽子を引っ張り出した。日に焼けたせいか色は褪《あ》せているものの、形と素材からして水泳帽に思える。

「これじゃないのか」

銀治は帽子を振ってみせる。振り返ったひとみの顔が輝く。

「それです！　あったよ舞ちゃん」

舞がぴょんぴょん飛び上がった。

「おじいちゃん、ありがとう！」

叫び、銀治の手をぎゅっと握りしめた。ちいさくあたたかい、その手。握り返したら、あっという間に毀《こわ》れてしまいそうなやわらかい手。幼児に手を握られるなんて、いったい何十年ぶりだろうか。そう、陽子の手を握ったのは、あれはいったいどれくらい前の記憶なんだ——

汗ばみ、甘酸っぱい匂いのする手を見つめながら銀治は考える。

「舞ちゃん、ひとりでお着替えできるよね」

ひとみが尋ねると、舞はこくりと頷き、水着と帽子を持ってカーテンの引かれた部屋の奥へと走って行った。ふう、とおおきく息をつき、ひとみが銀治に向き直る。

「ほんとうにありがとうございました、ええと……」

「八代です」

「下のお名前は？」

「え？　銀治ですが」

「銀治さん。銀治先生ですね」

「はあ？」

いきなり下の名を呼ばれ、銀治は面食らう。まだあどけなさの残る丸顔でひとみがほほ笑む。

「うちの園では下の名前で呼ぶことになってるんです。園児も保育士も。おとなはパートさんでもみな『先生』と呼ぶ決まりで」

「いや『先生』は困るよ。ただ草むしりに来ているだけなんだから」

「調理のパートさんでも『先生』と呼ぶんですよ。銀治先生だけ『八代さん』だったら子どもたちが混乱しちゃうじゃないですか」

「いやしかしですね」

「わたしは新山《にいやま》ひとみといいます。今度からひとみ先生って呼んでくださいね」

ひとみが笑みを広げた。

じょ、冗談じゃない。銀治は後ずさる。女性、しかも孫ほど歳《とし》の離れた若い女性の名を呼ぶなんて、四十年以上経験がない。そもそも、子どもと接することはないと言われたからここに来たのに、これでは話が違うではないか。

だがひとみは、そんな銀治のようすに気づくことなく近づいて来、両手を取った。

「だめなもの同士、これからも助け合って生きていきましょうね、銀治先生！」

両の目がきらきらと輝く。

ひたすらあっけに取られたまま、銀治はそんなひとみを見つめる。


疲れた。なんだかとてつもなく疲れた。

片手にコンビニの袋を提げ、背中を丸めながら銀治は自宅の門扉を開けた。すでに七時近いというのに、空には夕焼けが残り、雲が茜色《あかねいろ》に輝いている。

玄関のドアを開けると、一日閉め切ったままの家のなかから熱気とカビの臭いが流れだしてくる。一階に六畳の応接間と亡き母が使っていた四畳半の和室。台所と、北側の隅に洗面所と風呂場。二階には四畳半の陽子の部屋、そして夫婦の寝室として使っていた六畳の和室。狭い庭には園庭に負けじと夏草が生い茂っている。

銀治がこの家を建てたのは、陽子が五歳のころだから、もう三十五年も前になる。いまは独り住まいには広すぎて、かえって持て余しているこの家だが、かつてはにぎやかな声に包まれ、家じたいがいきいき輝いていた時代もあった。そう、そんな時代もあったのだ――銀治はぼんやりと考える。

六畳の応接間にコンビニの袋を投げ込んでから、銀治は家じゅうの窓を開けて、空気を入れ替える。冷蔵庫を開け、冷えた缶ビールを取り出して銀治は六畳間に戻った。レジ袋から幕の内弁当を出し、こたつ兼用のテーブルに乗せる。昼からなにも食べていないのに、食欲がわかなかった。仕方なくビールのプルタブを引き上げ、ひと息にはんぶんほど飲み干す。体力には自信があるが、それでも曲げ伸ばしを繰り返した腰が痛み、足もまるで砂袋のように重い。こころなしか指の関節もじんと熱を帯びている気がした。銀治はいかつい手を開いたり閉じたりしてみる。と、昼間握られた舞の手の感触がよみがえってきた。

柔らかく、汗ばんだあのちいさな手――

子どもの手というものは、あんなにも柔らかいものだったか。甘酸っぱい匂いのするものだったか。記憶を反芻《はんすう》しているうちに、しぜんと顔が緩んでくる。

いかんいかん。おれはただ草むしりを頼まれただけの年寄りだ。そうじぶんに言い聞かせながらも、銀治は視線を手から剝がすことができない。

見つめているうちに、舞の手がじょじょに赤ん坊の手へと変わってゆく。銀治の太い指を摑む、白くてぽっちゃりした手。手の甲にはえくぼが浮かび、丸々とした手首には幾重にも皺が寄っている。

なかば無意識に銀治は腕を伸ばし、テレビ台の抽斗を開ける。手紙や書類の上に置かれた、伏せた古い写真立て。そっと取り出し、表に向ける。色の褪せた一枚の写真が目に飛び込んでくる。

夏の海を背景に、白い砂浜に立つ四人の家族連れ。銀治と妻律子《りつこ》、娘の陽子、そしてやや距離をおいて佇《たたず》む年配の女性は、銀治の母、トシ子《こ》である。トシ子の右側でぎこちない笑みを浮かべているのは、まだ三十代の銀治だ。さらに右側には半袖のワンピースを着、うすくほほ笑む若い女性。そしてふたりの間に立つ、ちょうど舞くらいの歳の女の子。真っ黒に日焼けした顔は、どこか緊張したおももちを浮かべている。女性の手は女の子の肩に置かれ、女の子はもう片方の手で銀治の手をしっかりと握っている。もう何十年も昔の、いっしゅんの思い出。二度と帰ってこない、光に満ち溢《あふ》れた時間——いや、光溢れると思っていたのはじぶんだけかもしれない。すでにこのころから妻であった律子は「こころ」という深くて他人からは見えないダムのなかに、不満や不安といった真っ黒い水を、ひたひたと溜《た》め始めていたのかもしれない。どうすればよかったのだろう。銀治はもう何百回となく繰り返して来た問いを脳裏に浮かべる。

陽子の卒業式、あれに予定通り出ていれば。律子が子宮筋腫の手術で入院したとき、仕事を言い訳にせず一度でも見舞いに行っていたら。照れくさくて知らんぷりを決め込んだ三十回めの結婚記念日、あの日「ありがとう」のたったひとことが言えていたなら——いや違う。たぶん律子のこころをいちばん固くしこらせたのは義理の母であるトシ子の存在だっただろう。

トシ子は気が強く、とてもヒステリックな性格だった。つねにイライラし、気に入らないことがあると声高に律子を責めた。律子は黙って従っていたけれども、こころのなかではどんなふうに感じていたのだろうか。

トシ子が認知症を発症し、トイレや入浴といった介護が始まったとき、銀治は仕事を理由にすべてを律子にゆだねた。銀治自身、性格のきつい母が幼いころから苦手だったのだ。トシ子は五年前、心臓の病でこの世を去ったのだが、あのときともにトシ子の介護をしていたなら、律子から離婚を切り出されるようなことにはならなかったかもしれない——

やめよう。銀治は首を振る。思い出に囚《とら》われてはならない。過去を振り返ってはいけない。身動きはおろか、呼吸すらできなくなってしまう。どんなに悩み、考えても、律子と陽子のふたりがこの家に戻ってくることはないのだ。おそらく、一生。

写真立てをもとに戻し、抽斗を音高く閉める。

もう一本飲むか。空の缶を手に銀治は台所へと向かう。

「銀治先生、おはようございます」

「今日もよろしくお願いしますね、銀治先生」

植え込みで草むしりをしている銀治の前を、出勤してきた保育士が次々通り過ぎてゆく。黙ったまま頭だけ下げて銀治はこたえる。

ここに来るまで知らなかったが、保育士の勤務はシフト制らしい。しかもずいぶんと細分化されたシフトらしく、新しい保育士が出勤してきたと思ったら、もう帰る準備を始めているものもいる。朝は七時から、夜は八時までの預かりとあって、そうでもしなければ回らないのだろうと銀治は考える。

ふたば保育園に通い始めて三日め、予定していたはんぶんも終わっていない。明日あさっては週末で休み、だから今日を含めてあと三日間で草むしりを終えないといけない。がんばらねば。わき目もふらずに銀治は雑草と格闘する。

広い園庭では早くも子どもたちが遊び始めていた。ようやく歩けるくらいの乳児から自由自在に動き回る五歳児まで、活発に動く子からおとなしく砂遊びをする子まで、じつにさまざまなタイプの子どもで溢れかえり、ふたば保育園は今日もかまびすしい。

初日こそ怯えた目をして遠巻きに銀治を見ていた子どもたちだが、好奇心が恐怖に勝《まさ》ったのだろう、昨日の午後あたりからちょいちょい銀治のそばに近寄って来るようになった。視界に入って来る子どもたちを、銀治はなるたけ意識しないようにふるまうが、銀治が距離をおこうとすればするほど、かえって子どもたちは銀治の存在が気になるらしく、じりじりと輪を狭めて来る。

今朝もそんな子どもたちの気配を感じつつそれでも黙々と雑草を抜いていると、いきなりぱこんと頭を殴られた。驚いて顔を上げる。くしゃくしゃの縮れっ毛で半ズボンすがたの男の子が、にやにや笑いながら立っていた。その後ろに数人、同じ年ごろの男の子たちが、おっかなびっくり控えている。

「なんだい」

問いかける銀治の声にかぶせるように、先頭の男の子が喚く。

「見つけたぞ！　悪の帝王、ギルド総帥《そうすい》！」

喚くと同時に、紙を丸めて作った剣らしきものを振りかざし、銀治に切りかかって来た。

「や、やめなさい、やめなさいってば」

「紋太《もんた》、ほんとにだいじょうぶなの？」

後ろからついて来た男の子のひとりが不安げな声を出す。縮れっ毛がおおきく頷いた。

「平気さ！　こいつパパの友だちだって。昨日パパに聞いたんだ。だからたくさん遊んでもらえって」

パパの友だち？　ということは。銀治は必死で頭を働かせる。

平岡か、市役所の！　そういえば息子をここに通わせていると言ってたな。

改めて紋太と呼ばれた男の子を見る。言われてみれば天パらしきくるくるの髪、太くてくっきりした眉毛が啓介そっくりだ。

それにしても平岡め。なにが「園児や保護者とはいっさい関わらないで結構です」だ。じぶんから関わりをつくらせてどうする。銀治はぎりり、奥歯を噛み締めた。

そんな銀治におかまいなく、紋太の返答に男の子たちはすっかり安心したらしい。

「やあ！」

「ギルドめ！」

口々に叫びながら銀治に襲いかかって来る。

子どもは苦手だ。遊ぶなんてまっぴらごめんだ。逃げよう。逃げてどこかに隠れよう。

銀治は植え込みのあいだを走り抜ける。銀杏《いちょう》の大樹を回り込むと、おおきめの物置が建っているのが目に入った。そうだ、ここの後ろに。銀治は巨体をかがめるようにして、物置のかげに隠れる。

「どこだ！」

「どこに消えたギルド！」

園庭のあちこちから子どもたちの声がする。

これでよし。銀治はほっと息をつく。このまま隠れていれば子どもたちもすぐに諦めるだろう。

だが銀治の読みは甘かった。

「いたぞ！」

「見つけたよ！」

背後から歓声とともに子どもたちが紙の剣を銀治に叩きつける。

「やめなさい、こら、痛いよ」

いくら紙とはいえ、四方八方から、ちからいっぱい打たれてはさすがに痛い。悲鳴を上げながら園庭を走る。そのようすにますます興奮したのか、紋太一派の「攻撃」は勢いを増すばかりだ。

なぜおれがこんな目に。銀治は助けを求めて懸命に保育士を探す。

と、外廊下で女の子たちと絵本を読んでいるひとみのすがたが目に入った。

「ひとみ先生！」

勇を鼓して、下の名前で呼ぶ。ひとみが顔を上げた。いっしゅんぎょっとした表情を浮かべたが、すぐに笑顔に戻る。

「よかったね紋太くん。銀治先生と遊んでもらえて」

「よくない！　ちょっとこやつらを」

「がんばれルナライダー！」

ひとみが紋太に手を振る。ついで銀治に向かって手刀を切ってみせた。ここから離れられない、という意味だろう。

仕方がない、誰かほかの先生を。目を血走らせて銀治は園内を見回す。だがどの保育士も子どもたちの世話をするのに手いっぱいで、とても助けを呼べる状況ではない。

そうこうするうちに、銀治は園庭の隅に追い詰められてしまった。

「もう逃げられないぞ、ギルド仮面！」

紙の剣を構えた紋太の瞳がきらきらと輝く。

もはやこれまでか。銀治は天を仰ぐ。子どもの遊び相手になってやるしかないのか。銀治が覚悟を決めたそのとき。

さっと紋太たちの表情が曇った。と同時に、腰のあたりを後ろから、どん、と小突かれる。

なんだ？　なにごとだ？　振り返った銀治の目に、にやにや笑いを顔に張りつかせた男の子のすがたが映る。

「ええときみは……大翔、くん？」

問いかける銀治の声を遮るように、

「きぃやー！」

大翔が、金属音を思わせるおおきな奇声を発した。ついで拳を振り上げ、勢いよく銀治の下腹を殴り始める。五歳児とはいえ、体格のよい大翔が繰り出す拳はかなり重く、衝撃も強い。しかも加減、というものを知らないのだろう、全身のちからを込めて殴りかかって来る。

「なにをするんだ、痛いじゃないか」

両手で下腹をかばいながら銀治は叫ぶ。そのようすを見た紋太たちが、ちりぢりになってその場から逃げてゆく。

「こいつめ、こいつめ！　やっつけてやる！」

大翔が雄叫《おたけ》びをあげ、銀治の膝にとびかかって来た。そのまま全身で銀治の膝に絡みついてくる。

「やめなさい、こら、危ない、あぶないよ！」

膝を取られた銀治はバランスを崩しそうになる。このままでは大翔ごと転んでしまう。なんとか大翔を剝がそうと中腰になり、両手を大翔のからだに近づけた。と、そのとき。

「ひろくん！　だめ！」

ようやく騒動に気づいたらしきひとみが廊下から庭に走り出て来た。その勢いのまま大翔の脇腹をくすぐり始める。大翔が大声で笑い始めた。もうひとり白髪交じりの保育士が駆けつけて来、ひとみに加勢して大翔の両脇に腕を入れ、持ち上げた。おとなふたりに抱えられ、ようやく大翔が銀治から離れる。その隙を逃さず、年配の保育士がやさしく語りかけながら大翔を保育室へ誘導していく。一連の動きをなかばあっけに取られながら銀治は見守った。ひとみが、ほっ、おおきな吐息をついた。その声で銀治は我に返る。

「なんですか、いまのはいったい」

「ごめんなさい銀治先生。驚かせてしまって」

「いや驚くというか……」

「許してあげてください。大翔くんにも悪気はないんです。ただみんなと一緒に戦いごっこがしたかっただけで」

「悪気はない？　でもどう考えたっておかしいでしょう、あの子の行動は」

「それはそうなんですけど……」

ひとみが口ごもり、視線を地面に落とした。さらに問い詰めようと銀治が口を開きかけたとき、

「みんなーイルカ公園に行くよー。お帽子かぶって」

外廊下に立つ克代が、空気を変えるかの如《ごと》く大声で子供たちに呼びかけた。園庭に散らばっていた紋太たちの顔がぱっと輝き、克代めがけていっせいに駆けだした。

「やったー」

「滑り台するー」

「じゃあ銀治先生、また」

ひとみが頭を下げた。

「あ、いや、ちょっと待って」

声をかけるが、振り向くことなくひとみは子どもたちの輪のなかに入って行ってしまった。

なんだ、なんだったのだ、いまのは。

ひとり残された銀治は園庭に立ちつくす。

大翔というあの子、おとといもそうだったが、なにかが変だ。普通の子がじゃれて遊ぶのと、なにか根底から違って思える。では何が違う?

いや、やめよう。銀治は思考を停止させる。おれは雑草を抜きに来ただけの部外者だ。来週にはいなくなる人間だ。園児たちについて思い惑う必要はさらさらないんだ。

ようやく静かになり始めた園庭を見渡し、ほっと肩のちからを抜く。

「ありがとうございました銀治先生。子どもたちと遊んでくださって」

いつのまに隣に立ったのか、篠原園長が穏やかに話しかけてくる。

「いやいやいや遊ぶなんて。わたしはなにもしていませんよ。それよりも早く草むしりを終わらせなくては」

「いいんですよ、期限内に終わらなくても。そしたら再来週もそのつぎもまた来てくだされば。うちとしてはまったく困りませんから」

そっちが困らなくても、おれが困るんだ！　銀治は首をおおきく振った。そんな銀治を園長が見つめる。

「……銀治先生。子どもを育てるのって誰の役割だと思われます？」

「そりゃあやっぱり母親が」、と言いかけて、さいきんは男も子育てすべきと言われてるんだよな、と思い直し、

「……親の仕事でしょう」と言い換える。

「わたしはそうは思いません」

園長がきっぱり首を振る。

「じゃあ誰が」

「子どもは社会全体で育てるものだと思います。いまは少子高齢化が進んで核家族が多いでしょう。そうなるとどうしても親が孤立して、追い詰められてしまいがちなんです。ひと昔前ならすぐそばに祖父母や近所のひとがいてくれた。だから助け合って子どもを育てることができた。いわば社会みんなで子どもを育てていたんです」

「はあ」

「でもいまは、親なら親の、高齢者なら高齢者だけの狭い世界で完結してしまう。その『狭

さ』が、社会全体を息苦しくて不寛容なものにしているように思うんです」

園庭で遊ぶ子どもたちを見ながら園長がつぶやいた。

銀治は園長のことばを反芻する。

確かにじぶんが子どもだったころは、祖父母や近所のお節介なばあさんがいて、悪いことをすれば容赦なく叱られたし、いい行いをすれば褒めてもらえた。けれどもいま、じぶんの「世界」に子どもは存在しない。子ども、とくにちいさい子なんて言ってみれば異次元の存在だ。

「ごめんなさいね。人生の先輩である銀治先生にお説教めいたことを」

黙り込んでしまった銀治に、園長が頭を下げる。

「いや。いい勉強になりました」

銀治は素直な気持ちで頭を下げ返した。

一礼をして、園長は職員室へと去って行く。

子どもは社会で育てるもの、か。

園長のことばを銀治は頭のなかでくりかえす。

だとしたらさっきの子、あの大暴れした子も社会のなかで——おれもそのひとりになって——育てなければいけないのだろうか。でも、そんなことがじぶんにできるのか。おのれの家庭ひとつ、まともに築けなかったおれに——そう銀治はじぶんに問いかける。問うてもとうても、こたえはいっこうに浮かんではこなかった。

昼休憩をはさみ、銀治はその午後じゅう雑草と格闘しつづけた。

真夏の日差しがようやく傾き始める午後四時過ぎから、保護者のお迎えが始まった。年少のクラスを中心にだんだんと子どもが減ってゆく。保育園にもようやく少し落ち着いた空気が流れ始める。ほっとした気持ちでせっせと雑草を抜いていると、ふと背後にひとの気配を感じ、銀治は振り向いた。色の白い、線の細い男の子がひとり。青色の帽子をかぶり、銀治と視線をあわせないようにしながら一メートルほど後ろに立っている。

これ以上子どもと関わるのはごめんだ。銀治は男の子に背を向けて、草むしりに戻った。だが、どんなに移動しても男の子はぴったり後ろについてくる。肩越しに視線を送ると、さっと顔を伏せる。なんどかそれを繰り返したのち、ついに銀治は根負けして声をかけた。

「きみ、なにやってるんだい」

こたえはない。けれども視線は銀治の手もとにそそがれている。銀治は男の子の視線を辿《たど》る。引き抜かれた草や、急に陽の光を浴びて逃げ惑うダンゴムシが目に映った。

「もしかして、草むしりをやってみたいのか」

なにげなく尋ねると、男の子がちいさく頷いた。

そうか、草むしりが珍しいのか。マンション住まいだったら、経験したことがないのかもしれないな。

じぶんが幼いころは家族総出で庭や小道の雑草を抜いたものだ。同居していた祖母に「これはどくだみ、こっちはぺんぺん草」と教えてもらったことを思いだす。でもいまや三世代同居という暮らしのほうが珍しいのだろう。とくに月野市のような都会にあっては。

「子どもは社会全体で育てるものだと思います」

篠原園長のことばがよみがえる。

じぶんにそんな大層なことができるとは思えないが、いま目の前にいる子どもに草むしりを体験させてやることくらいならなんとか、きっと。

怯《ひる》みそうになるこころに活を入れて、銀治は男の子に問う。

「じゃあ一緒にやってみようか」

男の子の瞳がぱあっと輝く。

「うん」

初めてことばを発した男の子を手招きして、銀治はじぶんの横に座らせる。細い首すじを、木の間越しの午後の光が照らす。

「きみ、名前はなんていうの」

「……池田蓮《いけだれん》」

「青い帽子ってことは、ええと」

銀治は頭を働かせる。青の帽子は最年長の五歳児のはず。五歳児は確かぞう組といったな。ということは紋太たちと同い年か。

「蓮くんはぞう組かい」

「うん」

からだと同じく声もか細い。

「じゃあ蓮くん、まずはこのシャベルで雑草の根っこあたりの土をほぐしてごらん」

蓮は素直に頷くと、華奢《きゃしゃ》な手にシャベルを握りしめ、乾燥して固い土をつつき始めた。

「上手《うま》いうまい。土が柔らかくなったら、こうやってね」

銀治はどくだみの赤黒い茎を摑んでみせ、ついで勢いよく引っ張った。土埃を上げながら、どくだみが根っこごと地上にあらわれる。そのようすを蓮が興味深げに見入っている。

「そぉら抜けた。蓮くんもやってみなさい」

頷いた蓮がそっとどくだみの茎を摑んだ。ちからまかせに引っ張り上げる。勢いがよすぎたせいか、どくだみの茎が途中で折れ、独特の臭いがあたりに広がる。

「臭い。あれぇ？」

蓮が顔をしかめて首を傾《かし》げる。

「これはどくだみと言ってね、毒はないんだけどとても臭い草なんだ」

「ふぅん」

「いまのはちからが強すぎたんだな。もっと優しく抜かねばならん。もう少し土を掘って……そうそう。次はもう少していねいに抜いてみなさい」

銀治の言う通りに蓮が引っ張ると、今度はするりと根っこが抜けた。

「できた！」

蓮の表情が明るくなる。

「な。草むしりひとつとっても、なかなか難しいもんだろう。じゃもう一回やってみようか」

「うん！」

蓮が隣に生えていたおおきめのどくだみの根もとを掘り、太い茎を握る。なんども引っ張るがどくだみは動かない。

「これ固いよ。抜けない」

「どれ、おじさんも一緒にやってやろう」

蓮の手に手を重ねるようにして、銀治はどくだみを引っ張った。

ぶつん。派手な音を立ててどくだみの茎が切れた。勢いあまって銀治は蓮とともに尻もちをつく。

「だいじょうぶか、怪我《けが》はないかい」

あわてて問いかける。蓮がいくどか瞬きをした。

「……びっくりしたぁ」

つぶやくと、澄んだ声で笑いだした。つられて銀治もほほ笑む。ついでほほ笑むじぶんにおどろく。

笑っている、おれが。子どもと一緒に。こんなことが起こるなんて――

「おじさん、もっと土を掘ろうよ。そしたらきっと抜けるよ」

笑みをやどしたまま蓮が言う。

「そうだね、ほらシャベル」

銀治はシャベルを蓮に手渡した。受け取った蓮がシャベルの先端を土に差し入れる。

と、銀治の脇を子どもがひとり、ものすごい早さで駆け抜けた。あ、と思う間もなく、その子が蓮に体当たりをする。しゃがんでいた蓮が、顔から勢いよく地面に倒れた。しゅんかん蓮があぜんとした表情で振り向く。笑みを浮かべていた顔がみるみる曇ってゆき――蓮がおおつぶの涙を浮かべ、泣き始めた。

「蓮くん！　だいじょうぶかい。きみ、なにを急に」

蓮の顔に張りついた土を払いながら、銀治は横に立つ子どもを見やる。くりくりの坊主頭、五歳児にしてはおおきい体格、そしてあの独特のにやにや笑い――大翔が、腰に腕をあて、胸をそらせて立っていた。

「またきみか！　きみはいったい」問いかける銀治の声を、

「蓮！　蓮、だいじょうぶ!?」甲走った叫びが遮る。あわてて見上げると、色白で細面、銀縁の眼鏡をかけた神経質そうな女性が出入り口から走ってくるのが見えた。

「ママ……」

蓮が泣きじゃくりながら女性の細い腰にしがみついた。蓮を抱きかかえたまま、女性がきっ、と大翔を睨む。

「大翔くん、いい加減にしなさい！　蓮が怪我でもしたらどうするつもり!?」

「でへ、でへへへへ」

大翔が笑み崩れた。銀治はその光景をぼうぜんとした気持ちで見つめる。

「だいたいあなたもあなたよ！　おとながそばにいて、どうしてこんなことさせるの！」

女性の怒りに燃える瞳が今度は銀治をとらえた。

「いや、あの、その」

舌が縺れる。上手くことばをつなぐことができない。意味なく手が上下に揺れた。そんな銀治を女性が睨みつける。

その隙を突くように大翔が走りだした。誰もいない砂場に向かって弾むように駆けてゆく。

そんな大翔を、銀治はただ眺めることしかできない。

「どうかしましたか、池田さん」

母親の喚き声を聞きつけたのだろう、克代とひとみがすっ飛んできた。

「克代先生！　大翔くんがまた蓮にちょっかいをかけて」

「え」

「え、じゃないわよ。この間の面談で、大翔くんを蓮に近づけないでってお願いしたはずよね」

女性が吊り上がった目で克代とひとみを交互に見やる。克代がふかぶかと頭を下げた。

「申し訳ありません」

女性が、すう、とおおきく息を吸い込んだ。

「申し訳ないじゃやすまないわよ。こういうことがないように克代先生がいるんでしょ」

「はい、おっしゃる通りです」

珍しく克代がうなだれる。女性は勢いを得て、ますます声が高くなる。

「だからいつも言ってるのよ。病気の子を普通の子どもたちと一緒にしないでって」

病気の子。大翔は病気なのか。だからほかの子とは違って見えるのか。いやでも大翔は元気がありあまっていてとても病気のようには。銀治の思考がぐるぐると空廻《からまわ》りを始める。

「あなたたちでは話にならないわ。園長先生はどこ。ちゃんと話を聞いてもらわなきゃ」

「すぐご案内します。こちらへ」

克代が姿勢を低くしながら、女性に声をかける。腕を摑まれ、女性に引きずられるようにして蓮が植え込みを出る。

「蓮、だいじょうぶ？　頭痛かったりしない？」

涙を光らせながら蓮が頷く。迎えに来たほかの保護者が、なにごとかとそんな母親や蓮を見ている。

克代たちが園舎に消える。残ったひとみが、ふう、とおおきくため息をついた。

「申し訳ない。わたしがそばにいながらこんなことになって」

銀治はひとみに声をかけた。疲れた顔でひとみが首を振る。

「いえ、銀治先生のせいじゃありません」

問うか問うまいか、いっしゅん銀治は迷う。だが気持ちよりさきにことばがまろび出る。

「……あの、いま、蓮くんのお母さんが『病気の子を一緒にしないで』って……あれはいったいどういう」

「大翔くんは病気ではありません。ただ少し……障害を持っていて」

「障害？」

「自閉スペクトラム症って聞いたことあります？」

「自閉スペクトラム症？」

おうむ返しに問う。頷いたひとみが銀治を見上げ、なにごとか口を開きかける。だが思い直したようにくちびるを嚙み締め、無言で視線をはずした。

「あの、ひとみ先生」

「大翔くん、もうお外遊びの時間は終わりだよ。お部屋に戻ろうね」

銀治の問いかけにはこたえないまま、ひとみは砂を足で蹴り上げている大翔に向かっていく。

病気ではない。だが障害がある。病気と障害は違うものなのか。そもそも自閉スペクトラム症とはなんだ。

さまざまな混乱を抱えたまま、銀治はぼう、とひとみと大翔を見つめる。

「『自閉スペクトラム症とは。広汎性発達障害とほぼ同じ概念を指すものであり、アスペルガー症候群、特定不能の広汎性発達障害などを含む概念で』」

「ちょっと待ってください竜平さん。スペクトラムだとかアスペルガーだとか意味のわからないことばばっかりで」

「銀ちゃんにわからないもの、おれがわかるわけないだろうよ」

かかかと大口を開けて竜平が笑った。

「ほれ。じぶんで読んでみい」

スマホを銀治に押し付け、空いた手で生ビールのジョッキを持ち上げて、美味《うま》そうに喉に流し込む。

まだ夜の早い時間。仕事終わりに竜平からメールで「飲もう」と誘われた銀治は、大変だった一日に「お疲れさま」とじぶんでじぶんを労いたく、誘いに乗ったのだった。

差し出されたスマホを銀治は眼鏡をずらしながら読んでいく。だが専門的な用語が多く、はんぶんほどしか理解できない。

「おれたちの子どものころにもいたじゃないの、がき大将とか、きかん坊とか。そのなんとかっていう子もそういうたぐいのもんじゃないの」

揚げだしどうふを慎重に箸で崩しながら竜平が問う。

そう、確かにいた。銀治は焼酎でくちびるを湿しながら考える。暴れまわる子やかげで暴力をふるう子。そんな「問題児」がクラスにひとりかふたりはいて、なるたけ関わらないように避けていた記憶はある。

「確かにいましたね。でもその大翔って子は、そういった子たちとなにか根本的に違っているような気がするんです」

「自閉症とか発達なんとかってさ、さいきんよくニュースやワイドショーで見るけどさ、ようは親が甘やかしすぎなんじゃねぇの。ほらいま少子化で子ども少ないじゃない。だから過保護になっちゃうんだよ、親とかじじばばがさ。あ、お兄ちゃんお代わりちょうだい」

「かしこまりましたぁ。生一丁」

ちょうど通りかかった若い店員が声を張り上げる。

「まあ銀ちゃんが気にすることじゃないよ。その子の担任でもましてや身内でもないんだから
さ」言って、あたりめにマヨネーズをつけ、竜平がにっと笑う。

「ですよね……」

「それにそういう病気ならさ、だんだん良くなっていくんじゃないの。ほらちいさいころ暴れ
ん坊だったやつがさ、二十歳《はたち》になるころにはすっかり落ち着いて所帯持ったりするしさ」

頷きながら銀治はスマホを竜平に返した。竜平がディスプレイを人差し指でタップする。と
たん画面が切り替わり、待ち受け画像があらわれた。ぺたんと座り込み、こちらに向かって満
面の笑みを向ける赤ん坊のすがた。頬にはえくぼが浮かんでいる。

「お孫さんですか」

「あ、そうなんだよ。いま、七、八……九か月になってさ」

竜平が笑み崩れる。竜平には五十歳近い息子がふたりいて、そのうち下の子が二年ほど前に
遅い結婚をしたと聞いていた。

「いやあまさかこの歳で孫に恵まれるとは思ってもなかったよ」

初孫となる男の子が生まれたとき、そういって頭を掻いていた竜平のすがたを銀治は思いだす。

「写真、見せてもらってもいいですか」

「おうよ」

竜平がスマホを差し出した。手足はぷくぷくと丸くて、関節に沿って溝が浮かんでいる。柔らかそうなその腕を見て、ちぎりパンを銀治は思い浮かべてしまう。長いまつげの下の瞳は薄い茶色で、色の白さとあいまって、言われなければ女の子と間違えそうだ。しぜんと顔が緩む。

「変わったねえ、銀ちゃん」

銀治の顔を見つめながら竜平がしみじみとつぶやく。

「え、なにがですか」

「なんつうかこう、顔つきが柔らかくなったよ。ひとんちの孫の写真見て和むなんてさ。これも保育園効果かねえ」

「そんな、たった二、三日通っただけで」

「子どもっつうのは偉大だね」

うん、うんと一人で頷きながら竜平がビールを喉に流し込む。

「竜平さんだって変わりましたよ。すっかりいいお祖父さんの顔してる」

「まあこの世でたった一人の孫だからな」

「初孫か。さぞかし可愛《かわい》いものでしょうね」

銀治が水を向けると、顔じゅうを皺だらけにして竜平が頷いた。

「さいきんはいはいがすっかりじょうずになってさ。やっぱり男の子だねぇ、ミニカーが大好きでさ。買ってやると喜ぶんだ、これが」

スマホのディスプレイを竜平が愛《いと》おしそうに眺めやる。

さっきまで甘やかしすぎだ、過保護だと言っていたのに。銀治は思わず苦笑いを浮かべる。孫か。きっとどんな存在より大切なものなんだろうな。おれには絶対に手に入らないもの、じぶんの人生にあっていちばん遠い存在――

銀治の脳裏を、一人娘の陽子の顔がよぎる。陽子は今年でちょうど四十になるはずだ。結婚もせず仕事しごとの毎日を、妻の律子とふたりで過ごしていると聞く。もうどれくらい会っていないだろう。一年。いや二年は経つか。

離婚が成立しふたりが家を出るという日の朝、いたたまれなくなって銀治は外出した。とくに用事はない。ただふたりが長く一緒に暮らした家を出て行くのを見るのが辛《つら》かっただけだ。

「行ってらっしゃい」

こちらに背を向けたまま律子がつぶやいた。それはおれのせりふだろうと妙な気持ちになったことを思いだす。陽子は二階にいた。顔すらみせなかった。

おれにはなにもない。孫自慢をつづける竜平の横顔をぼんやりと見ながら銀治は思う。空っぽ。いつ死んでも、誰のどんな人生にもなんのひっかかりも残さない、そんな空虚な存在――

込みあげてきた苦い思いを、銀治は焼酎といっしょにぐっと飲み込む。

自宅の最寄り駅の改札を抜けたときには、時計の針は九時をさしていた。ずいぶん長いこと店にいた気がするがまだ九時なのか。帰宅して風呂に入って寝る。やることはそれだけなのに、まだまだ時間は浅い。今夜も長い夜になりそうだな。首すじに浮き出た汗をハンカチで拭いながらそっとため息をついた。

　車道を渡り、自宅につづく小道へと入る。と、街灯の灯りに照らされて、門扉の前に立っているひとかげが見えた。痩せて細い手足。緩くあてたパーマ。うつむいた白い横顔——銀治ははっと息を呑《の》む。見慣れたシルエット、かつて手を握り合い、笑みを交わし合った、おのれからいちばん近しい存在——

「律子。律子か」

　銀治の呼びかけに、ひとかげが顔を上げた。薄い眉、すっと通った鼻すじ、奥二重の細いまなざし。

　ひとつ軽く頭を下げてから、ひとかげが声を発した。

「こんばんは……八代さん」

　三年前にこの家を出て行った妻、律子だった。

「どうしたんだ、こんな夜遅くに、連絡もなしに」

　動揺するこころをなだめながら、平静を装って銀治は問う。

「電話したわ。メールも打った。でも返事がなかったから、直接来てしまおうと」

　銀治と視線を合わせないようにしながら律子がこたえる。

　携帯。そうか竜平と飲んでいるあいだずっとリュックに仕舞いっぱなしだった。

「それは悪かった。とにかく上がってくれ」

　言いながら銀治は門扉を引き、玄関のドアを開ける。籠もった熱気がいちどきに押し寄せてきた。

「……お邪魔、します」

つぶやいて律子が敷居をまたいだ。三和土《たたき》に立ったまま、律子が周囲を見渡す。

「……変わってないのねぇ……なにもかも、まったく」

「お茶でいいか。あ、麦茶のほうが」

「いい、いらない。すぐ帰るから」

銀治のあとについて応接間に入った律子が首を振る。そのままごく自然に背の低いソファに腰かけた。見慣れた光景。あまりにも近くに在り、だがいまは途方もなく遠くなってしまった光景——銀治は軽いめまいを覚える。

エアコンのリモコンを押してから、銀治は律子の対面《トイメン》に座った。

「で。いったいどういうわけだい」母さんが、と言いかけて銀治はことばを飲み込む。代わりとなることばが見つからないまま、視線で次をうながす。律子が視線を彷徨《さまよ》わせる。切れ長の目がすっと細まった。

「……陽子が……」

「陽子、陽子がどうした」

律子が視線を膝に重ねた手に落とした。

もしかして結婚か。銀治の心臓がとん、と跳ねる。あの陽子もついに身を固める決心をしたのか。

だが律子からまろび出た返答は、銀治の想像をはるかに超えるものだった。

「……陽子にがんが見つかったの。すい臓がん。ステージはⅣ。医者には……余命半年から一年弱、と言われたわ」

茎の根もとを握り、左右に軽く揺する。土が柔らかくなったところで適度なちからを加え、引き抜く。隣の草に手を伸ばす。根もとを握り、左右に揺さぶる——

保育園に通う最終日。出勤してから、園舎からいちばん遠い植え込みで、ひたすら銀治はその作業をつづけている。

考えまいとしても、どうしても先日の律子のことばがよみがえって来る。

春先から陽子の調子がよくなかったこと、一か月ほど前にとうとう職場で倒れたこと、精密検査を受け、一週間前にすい臓がんと確定されたこと——

次つぎに繰り出される律子の話を、どこかふわふわした気持ちで銀治は聞いていた。現実感が遠ざかり、はるか天空の一角、高みからこの場を見つめている、そんな気がした。

帰りぎわ、

「陽子には『お父さんには話さないで』って言われているの。だからとても迷った。でも、あなたは陽子の父親だから……」感情を交えぬ声でそう言い残し、律子は夏の闇のなかに消えて行った。

陽子が。あの陽子が。がん。それも余命を宣告されての。なぜ。どうして陽子が。まだ若い、たった四十歳なのに——

繰り返し襲って来る疑問符の大波に、銀治は揉まれつづける。よけいなことは考えるな。銀治は強く頭を振った。いま考えてもどうにもならない。ひとりになったら、もう一度初めから頭を整理しよう。だからいまは。いまはただ草むしりに集中しよう。

銀治は新しい草を摑む。

「見つけたぞ、こんなところに隠れていたのがギルド総帥！」

目の前に、派手なスニーカーを履いたちいさな足があらわれた。息を弾ませた紋太が、例の剣を持って立っている。

「ごめんよ。仕事で忙しいんだ」

紋太の目を見ずにこたえる。

「いいじゃん、そんなの。遊ぼうよ銀治先生」

紋太がしゃがんで銀治の顔を覗き込んだ。銀治は無理やり口角を上げる。

「そういうわけにはいかないんだ」

頰《ほ》っぺたをふくらませて紋太が銀治を見つめる。視線を受け止められず、銀治は手もとに目を落とした。

遠くからパトカーのサイレンが聞こえてくる。複数のパトカーに、救急車のサイレンも混じっている。どうやら近所でなにかあったらしい。パトカーと救急車の音がどんどん近づいて来た。

「紋太！　パトカーだ！」

「救急車も来るぞ！」

興奮しきった口調で、男の子がふたり、駆けて来た。

パトカーと聞いて紋太の顔がぱっと輝く。男の子が紋太の腕を引っ張った。

「見に行こうぜ！」

「おお！」

男の子たちにつづいて紋太が走りだす。ほっとして肩のちからを抜く。と、ふいに紋太が立ち止まり、こちらを向いた。

「仕事が終わったら戦うからな」

「ああ、仕事が終わったら、な」

紋太が親指を立てる。こたえて立ち上がり、銀治は無理やり笑みをうかべる。走り去ってゆく紋太を目で追いながら、銀治はぼんやり考える。

ごめんよ、紋太くん、嘘《うそ》をついて。草むしりを終えたら、おれはもう二度とここには戻ってこない。きみたちと戦いごっこをすることは、永遠にないだろうな――

永遠にない。陽子の未来も？　来ないというのか、永遠に。

みぞおちのあたりがぎゅっと痛む。咽喉《のど》もとまで小石を詰め込まれたような気分だった。

銀治はおおきく息を吐きだし、草むしりに戻る。胸のあたりにぽっかりと穴が開き、すべての感情がその穴から外へと吹き流されていくような気持ちがした。

なにをいまさら。銀治は自嘲を交えて思う。じぶんのせいで失ったものなど、いままでも数え切れぬほどあったではないか。なにをいまさら——

とにかく仕事を終わらせよう。いまはそれだけを考えろ。

銀治は思考を止めて、ひたすら地面だけを見つめ、草むしりに集中する。

と、どん、という軽い衝撃とともに、銀治はなにか柔らかいものに頭を打ち付けた。反動で尻もちをつく。驚いて目を上げると、これまた驚いた顔をした若い男と目が合った。ひょろりと背こそ高いものの痩せた薄いからだつきで、夏だというのに妙に白っぽい顔色をしている。グレーのTシャツに黒いジーンズ、赤いスニーカーを履き、口の周りには薄い無精ひげが浮いていた。

「あ、すみません」

反射的に頭を下げる。あわてたように男が頭を下げ返す。

「なにをしておいでですか」

銀治は草を払いながら男に尋ねた。

「あ、いえ、おれはその」

男が言い淀《よど》む。

もしかして。銀治ははっと気づく。新しく草むしりに雇われた業者だろうか。あまりにもおれの作業が進まないので、それで。

「あなたも草むしりを？」

銀治が問うと、男はきょとんとした表情を浮かべた。

「草むしり？　えっと、ここは……」

「『ふたば保育園』です」

「保育園……」

男がなにやら考え込む。

「違うんですか？　わたしはまたてっきり」

「銀治先生！」

叫びながらひとみがこちらに向かって走って来る。立ち上がり、銀治は園庭を見回した。各クラスの担任たちが、なにやらあたふたしたようすで子どもたちを集めている。

「どうしました」

息を切らせたひとみに銀治は問いかける。

「いまさっき、市の緊急安全メールが届いて」

「安全メール？」

「三十分ほど前に、近くのコンビニに強盗が入ったんですって。店員を殴って逃げ出して、まだ捕まってないそうなんです」

「強盗。どんな奴《やつ》ですか」

ひとみが手にしたスマホに目を落とす。

「ええと、二十代半ばくらいの若い男で、グレーのTシャツ、黒っぽいジーンズ。赤かオレンジのスニーカーを履いていて」

そこで初めてひとみは、銀治の横に立つ男に気づいたらしい。

「そちらのかたは？」

「え？　保育園の雇った新しい業者では」

「いえ、そんな話は聞いて……」

言いかけたひとみが、さっと男の全身を見やる。つられて銀治も男を見た。グレーのTシャツ、黒いジーンズ。身長は小柄なひとみより頭三つほどもおおきくて——

「……あなた、もしかして」ひゅっとひとみが息を呑んだ。「あ、あのコンビニの」

「騒ぐな！」

男が喚く。悲鳴を上げて、ひとみがあとずさった。男がひとみを捕まえようと手を伸ばす。

「なにをする！」

伸ばした男の手を反射的に銀治は摑んだ。男が強いちからで銀治の腕を振り払う。体勢を崩した銀治はそのまま園庭に倒れ込む。反転し、立ち上がろうとしたとき、男が手に摑んだ砂を銀治の顔めがけて思いきり投げつけてきた。両目に砂が入り、思わず銀治は悲鳴を上げてしゃがみ込む。

「邪魔すんな、じじい！」

「銀治先生！　だいじょうぶですか！」ひとみが駆け寄って来る。

おれとしたことが。痛みと情けなさで銀治の目から涙が溢れる。

あんな若造に簡単にしてやられるなんて。屈辱と敗北感が銀治の全身を苛《さいな》む。

騒ぎに気づいたのか、保育士たちがいっせいにこちらを見た。男が園庭を横切り、子どもたちの集団へと近づいてゆく。

「全員動くな！　一ヵ所にかたまれ！　そっちのじじいたちも来い！」

男の剣幕に子どもたちが騒ぎ出す。ひとみに肩を貸してもらいながら、銀治はゆっくりと子どもたちの輪に交じる。保育士がそっとスマホを取り出した。気づいた男がスマホを払い落し、足で遠くに蹴り飛ばす。

「警察には知らせるな！　子どもを静かにさせろ！　さもないと……」

男がジーンズのポケットから大型のカッターナイフを取り出し、銀色に光る刃を押し出した。ひとみが「ひっ」短い悲鳴を発する。銀治の背中を冷たい汗がつたう。刃物を持っていたのか。これではとても敵《かな》わない。気持ちがさらに萎え、しぼんでいく。

子どもたちの声がいちだん高くなる。泣き出す子もあらわれた。

「やめてください！」

克代が叫び、両手を広げて子どもたちの前に立ちふさがった。

「これで全員か!?」

ナイフを振りかざしながら男が園庭を見回す。

「二階に乳児が」

保育士のひとりがこたえると、男がさっとうえを見上げた。ついでひとみを睨む。

「おまえ行って、動くなと伝えて来い。警察に知らせるな、ともな」

こくこくと小刻みに頷いて、ひとみが銀治のそばを離れた。急ぎ足で園舎に入ってゆく。

「せめて子どもたちを解放してやってください。人質ならわたしたちが」

克代が気丈に言う。男が鼻で笑った。

「そんなことすりゃあ、あっという間に気づかれるだろうが」

「でも子どもには」

「子ども子どもうるせえんだよ！」

男が克代の目の前でカッターを振った。ひゅん、という音が空気を切り裂く。あちこちで悲鳴が上がる。

見ていられない。さすがの克代も口をつぐんだ。

銀治は男から目を逸《そ》らす。視界の隅に、別の出入り口から出てくるひとみが映った。両手でなにか長い棒のようなものを握っている。

さすまただ。銀治は気づく。最初の朝、おれが突きつけられた、あの。

足音を立てぬよう、そろそろとひとみが近づいてくる。やめろ、あぶない！　銀治の心臓が激しく打ち始める。

「あ！」

園児のひとりが、立ち上がってひとみを指さした。同時に男が後ろを向く。

「やあっ！」

ひとみが声を上げ、さすまたを突き出して突進してくる。ひらりとかわした男は、反対にさすまたを摑み、捻《ねじ》るようにしてひとみからもぎ取った。

「てめえ！」

男がさすまたでひとみの頭を思いきり殴る。悲鳴すら上げることなく、ひとみがその場に崩れ落ちた。

「ひとみ先生！」

克代が叫び、ひとみに駆け寄った。這いずるようにして銀治もひとみに近づく。

「ふざけたことすんじゃねえ！　ぶっ殺すぞ！」

男が怒鳴り声を上げ、さすまたを槍《やり》のように遠くへと投げた。

「ひとみ先生！　しっかりして、ひとみ先生！」

克代がひとみを抱き上げる。脳震盪《のうしんとう》でも起こしたのか、ひとみはぼんやり目を開けたまま微動だにしない。

「動かしちゃだめだ、頭を打ってる」

銀治は克代の肩を摑んだ。克代が震えだす。舞が声を上げ、泣き始めた。立ち上がった紋太が悔しそうに男を睨んでいる。白い顔をさらに白くした蓮が、不安を顔いっぱいに張りつかせてこちらを見ていた。どの子もみな一様に青ざめ、恐怖のあまりか顔が引き攣《つ》っている。あの大翔すらも、異常な事態にからだを凍りつかせ、口をあんぐり開けたまま突っ立っていた。

おのれ、弱いものに対して、なんということを。

銀治のこころのなかで怒りの炎が燃え上がってゆく。久しぶりに感じる、それは熱であり激情であった。

「……克代、先生……」

克代の腕のなかで、ひとみがつぶやいた。どうやら意識を取り戻したらしい。

「よかった、気がついたのね」

克代が声を震わせる。だがまだひとみの意識は覚醒しきっていないらしい。どんよりと膜の張ったような目で、放心したように克代を見上げている。

ひとみのような若くて小柄な女性すら、勇気を出して強盗犯に立ち向かったのだ。おれが戦わなくてどうする。銀治はみずからを鼓舞する。

けれどもなかなか動き出すことができない。格闘など、もう十何年もやっていない。警備会社に勤めていたころの勘も動きもなまりきっている。しかも相手はじぶんより何十歳も若い男だ。おれなんぞに取り押さえることができるだろうか。銀治は迷う。迷いが弱気につながってゆく。

「……あ、銀治先生……」

ひとみが首を曲げ、銀治を見た。その瞳に満ちる信頼と親愛の情。

逃げたらだめだ。ひとみを見つめ、銀治は歯を食いしばる。ここで逃げたらおれは逃げてばかりの人生を送ったことになる。銀治の脳裏を、海辺で撮ったかつての家族写真がよぎる。

銀治はすばやく周囲を見回した。外廊下に落ちている竹ぼうきが目に入る。銀治は夢中で竹ぼうきを引っ掴み、男の前に躍り出た。柄の部分を持ち、青眼に構える。

「なにやってんだ、じじい」

男が呆《あき》れたような声を出す。保育士も子どもたちもあっけに取られたようすで銀治を見ている。

できるだろうか、おれに。ふたたび迷いが兆す。剣道から離れて数十年経つ。どれだけから
だが覚えてくれているか、動いてくれるか――
考えるな。銀治は迷いを振り払う。守るべきものがそばにいる。ならば、守りきるだけだ。
「はっ！」
気合いを発し、銀治は上段から竹ぼうきを打ち下ろす。身を引いてかわした男が、カッター
を突き出して銀治の懐に飛び込んで来た。後ろに飛びすさり、すんでのところで刃を避《よ》ける。
バランスを崩した男が、たたらを踏んだ。その隙を見逃さず、銀治は左から男の胴を払う。
「がっ」
男が声を上げ、からだをくの字に折った。間《かん》に髪《はつ》をいれず、うなじめがけて竹ぼうきを叩き
つけようとするが、男の動きのほうがいっしゅん、早かった。低い体勢のまま向き直り、カッ
ターを銀治の腹めざして突きたてる。
保育士や子どもたちの悲鳴が空気をつんざく。
ぎりぎりのところで右に身を捻り、刃を避けざま銀治は右八双で男の手首を思いきり叩いた。
カッターが地面に落ちる。拾おうと屈んだところを、背後から真横に薙《な》ぎ払った。ひと声呻《うめ》き、
男が膝を地面についた。そのまま、どっと前のめりに倒れてゆく。すかさず銀治は男の背中に
馬乗りになり、身動きが取れぬよう竹ぼうきで両肩を押さえた。
「いまのうちに、早く、ロープか縄を！」
銀治が叫ぶと、まるで夢から醒《さ》めたように保育士たちが動き出した。

「な、縄あったよね」

「早く警察に！」

「園長先生に連絡を！」

声を掛け合いながら、あちこちに散ってゆく。

「やったあ銀治先生！」

こちらに駆けて来ようとする紋太を、保育士があわてて抱き止めた。

舞が笑顔でぴょんぴょん飛び上がっている。蓮の瞳がきらきらと輝く。大翔が大声で笑いだした。

近づいてくるパトカーと救急車のサイレンを聞きながら、銀治は竹ぼうきを持つ手にさらにちからを込めた。


長い事情聴取と、さらに長い実況見分を終えるころには、時刻は四時を回っていた。大半の子は緊急のお迎えですでに帰宅している。園に残っているのは紋太と大翔のほか数名だけだった。

警察からようやく解放された銀治は、外廊下の日陰に座り込んで汗にまみれた顔を拭いた。

久しぶりに酷使した腕や肩がいまごろになって痛み始める。銀治は肩を揉みながら、園庭に散らばる警官たちを見るともなく見ていた。

「銀治先生」

園長の声が降って来、銀治は庭から視線を移した。

「園長先生。お疲れさまです」

銀治が軽く頭を下げると、園長が横に正座をした。

「こんな大事なときに、出張で不在なんてほんとうにすみませんでした」

「いやあ仕方ないですよ、こればっかりは」

右手を顔の前で振る。そんな銀治を真正面から見つめた園長が、両手を廊下につき、深々と頭を下げた。

「ほんとうにありがとうございました、銀治先生。先生がいなかったらいまごろどんなことになっていたか……」

語尾が震える。肩が戦慄《わなな》く。銀治はあわてて崩していた足を揃えた。

「頭を上げてください、園長先生。運がよかっただけですよ、運が」

園長がゆっくりと面を上げる。しばし無言で銀治を見ていた園長が、静かに口を開いた。

「……ひとつお願いがあります、銀治先生」

「お願い？」

「どうかこのまま『ふたば保育園』に勤めていただけませんか」

「は？」

とつぜんの申し出に、銀治は混乱する。

「いやしかしわたしは」

「今回のように子どもが巻き込まれる事件や事故がさいきん多発しています。今後もいつなんどき今日のような事態に見舞われるかわかりません。そんなとき銀治先生がいてくださったら……子どもも我われ保育士も、そしてなにより保護者のみなさんもどれだけ安心できるか……」

穏やかだが、強い意志のこもった目で銀治を見つめる。そのまっすぐな視線に射すくめられ、銀治はことばを発することができない。

「お願いします。保育補助として『ふたば保育園』の職員になってください」

「でもわたしには保育士の資格が」

「保育補助であれば資格がなくてもだいじょうぶです。じっさいそういう立場のパートさんも大勢いらっしゃいます」

「そう言われましても」

銀治はあわてふためく。一週間という期間限定だったからこそなんとか通うことができたのだ。これが毎日つづくとなると——銀治には想像もつかない。それに——覚悟を決めて銀治は口を開く。

「……園長先生、この歳で恥ずかしいですが、わたしはじぶんの子どもとすら真っ向から向き合ったことのない人間です。とてもじゃないが、よそさまのお子さんと関わりあうなんてことは……」

篠原園長が、澄んだ瞳で銀治を見つめる。

「お子さんがいらっしゃるのですね」

「はい。子どもといっても、もう四十ですが」

そしてこのさき、歳を重ねられるかわからない我が子、陽子――

いっとき、遠くに去っていた重苦しい思いがふたたび胸を塞ぐ。園長の、まっすぐな視線を受け止めることができず、銀治はうつむいた。

「……だとしたらよけいにここで働くべきです」

「は？　いやだからわたしは」

「銀治先生。先生と同年輩の男性から、同じような後悔のにじむ気持ちをお聞きすることがあります。みなさん仕事で忙しくて、現役時代は家庭を顧みる余裕がなかった。一線を退き、家族や社会のなかに戻っても、もうじぶんの居場所はない。やり直そうにももうやりなおすことなどできない……そう嘆くかたたちです」

「はあ……」

「でも、だからこそ、ここで、いまこのときから、もう一度子育てに取り組んでみませんか。赤ん坊から幼児まで、さまざまな年代のさまざまな子どもたちの成長に手を貸していただけませんか。きっとなにか見えてくるはずです。失ってしまったと思っていたもの、そのなにかが」

うつむく銀治の頭のうえを、園長のよく響く声がよぎっていく。

「それに」

「それに？」

ちらり、いたずらっ子めいた笑みを浮かべて園長がデスクのうえから紙を一枚取り上げて銀治に向ける。

「うちではいま保育補助をしてくださるかたを大募集中なんです」

以前見せられたポスターだった。

やり直す。そんなことができるのだろうか。過去に成しえなかったこと、育めなかった関係、作れなかった思い出、そんな重いものをもう一度……

黙ったまま、銀治は深く考え込む。脳裏に、幼いころの陽子の笑顔がよみがえる。その横に静かにたたずむ律子のすがた――

「わたしからもお願いします」

いつのまに来たのか、額に包帯を巻いたひとみが銀治の斜め後ろに座っていた。

「ひとみ先生……」

「銀治先生がいてくださったらどんなに心強いか。それに」

「それに？」

「ダメ友である銀治先生がいなくなっちゃったら、わたし、淋しいです」

ひとみがいたずらっぽい笑みを浮かべる。ひとみの後ろに立つ克代が、腕を組み、なんとも複雑そうな表情で銀治を見ていた。

「いやあ……なんといいますか……」

こたえに窮していると、正面玄関の開く音がし、ついでばたばたとこちらに向かって駆けてくる足音が響いてきた。

「パパ！」

「ママあ！」

紋太と大翔がほぼ同時に叫び、部屋から駆けだしてゆく。首を巡らせる。啓介ともうひとり、中肉中背の女性が背を丸め、こちらと視線を合わさぬようにしながら立っている。その横になぜか竜平。

「ママ、ママ！」

大翔が叫び、女性の腰にしがみついた。大翔の母親らしき女性は、なにも言わず大翔の背を撫でさすった。

「がんばったな、紋太」

啓介が紋太を抱き上げ、頭をぐしゃぐしゃとかき回す。

「パパ、銀治先生、超かっこよかったよ！　ルナライダーみたいに強いんだ！」

興奮した口調で紋太が言う。紋太を抱えたまま、啓介が銀治に向き直る。

「役所で聞きました。八代さん、子どもたちを守ってくださってほんとうにありがとうございました」

啓介が腰を折る。

「すごいね、銀ちゃん。大の男を三十メートルも投げ飛ばしたんだって？」

竜平が銀治の横腹をつついた。どこをどうやったらそんな話になるのだ。思わず銀治は天を仰ぐ。

「銀治先生、ずっと来てよ、ね？」

啓介の腕から滑り降りた紋太が、銀治の背中に抱きついた。

「また遊んでくれるって約束したじゃんか」

「それはそうだが……」

「え？　そんな話が出ているんですか」

啓介が目を丸くする。園長とひとみが揃って頷いた。

「あ、ちょっと大翔」

母親の制止を振り切って、大翔も銀治のもとへ駆けてくる。大声で笑い喚きながら、ちいさな拳で銀治の太ももを叩く。

「ほら大翔くんもまた先生と遊びたいって」

「人見知りの大翔くんがこんなに懐くなんて珍しいんですよ」

園長とひとみがにじり寄って来る。

「すごいじゃない、銀ちゃん。こんなに子どもに好かれるなんてさ。才能、あるんじゃない」

竜平が調子のいい声を上げる。

「いやあ……しかしですね」

困り切って銀治は頭を掻いた。

「それに銀治先生」

園長が手を広げて園庭を指し示し、にっこりとほほ笑んだ。

「全然終わってないじゃないですか、かんじんの草むしり」

銀治は広い園庭を見渡した。

風が吹く。

おいでおいでというように、草木がいっせいになびく。

やり直せるのか、ほんとうに。でも、それが叶《かな》うのなら。諦めて来たたくさんのものごとに、もう一度向き合えるのなら——

覚悟を決めた銀治は、返事をするため、ゆっくりと園長に向き直る。

秋

ばぅん。

後頭部にボールが当たった衝撃で、銀治は一歩前によろめいた。同時に平岡紋太の声が園庭に響き渡る。

「やたっ！　銀治先生、外野ー」

「紋太、えらいじゃん！」

「あと三人だぞ」

紋太の仲良しの阿部空《あべそら》と長谷川浩一郎《はせがわこういちろう》が、ぱんぱんと紋太の背を叩く。紋太の垂れた眉毛がいっそう下にさがる。

九月中旬のふたば保育園の園庭。お昼前の時間を、五歳児ぞう組の子どもたちはドッジボールをして楽しんでいた。九月とはいえまだまだ暑いさかりで、お揃いの青い帽子をかぶった園児たちの額にはおおつぶの汗が浮かんでいる。

銀治は両手を上げて、降参のポーズを取った。

「今日三度めだ。すごいな紋太くん」

コートを横切りながら声をかけると、ふん、紋太の鼻の穴が広がった。

「おれがすごいんじゃなくて、銀治先生がとろいんじゃないの」

「そうですよ。もう少しすばやく避けられないんですか」

紋太の声に、ぞう組担任の克代の声が重なる。

仕方ないじゃないか。むっとした銀治はこころのなかでつぶやく。おれはあいつらの三倍、いや五倍はおおきなからだなんだぞ。それだけボールも当たりやすいってもんじゃないか。

「銀治先生、がんばって」

コート脇の砂場から、同じくぞう組担任のひとみが手を振ってみせた。ひとみの隣では例の「問題児」掛川大翔が無心で砂の山を築いている。

月野市立ふたば保育園で保育補助のパートを始めてから約二か月。週四日、朝の九時から夕方六時までが銀治の勤務時間だ。

一緒に過ごす時間が増えて、少しずつだが銀治にも大翔という少年のことがわかり始めていた。大翔の抱える「自閉スペクトラム症」という障害についても、図書館やネットで情報を集め、なんとか理解しようと努めているが、大翔の「本質」にはもちろんまだ辿りつけてはいない。三月の卒園までにたぶんすべてを理解することはできないだろう。だとしたら。銀治は考える。いまできることをやるしかない。それだけだ。それがすべてだ。

「銀治先生！」

ボールを受けた谷林《たにばやし》舞がコートの内側から声を張り上げた。七月に舞の水泳帽を見つけてあげてから、舞はすっかり銀治に懐き「銀治先生、銀治先生」となにかにつけてまとわりついてくるようになった。えくぼの可愛い舞に懐かれればいかに子どもが苦手な銀治とはいえ、やはり嬉《うれ》しいし親しみもわく。

「おう」

銀治は両手を振った。舞が片手でボールを投げる。だがなんなく受け止めた紋太が逆に舞にボールを当てた。紋太のチームから歓声が上がる。悔しそうな顔をした舞が内野を出、こちらに向かって来る。

ぴりりりり。克代がホイッスルを吹いた。

「はい、今日はここまで。給食の時間だよ。みんな部屋に上がって手を洗ってね」

「あーおなか減った」

「今日の給食、なんだっけ」

「ええとね、たしかお魚とあとなんか」

ぱらぱらとコートを抜けた子どもたちが、園舎に戻ってゆく。ボールを用具入れに戻した銀治は、汗を手ぬぐいで拭きながらフックにかけた赤いチェック柄のエプロンに手を通した。

ふたば保育園では、パートも正社員と同じく揃いの赤いチェックのエプロンを身につける決まりとなっている。だがさすがに用意されているエプロンは銀治にはちいさすぎるため、園長の篠原が通販で似たような色かたちの男もののエプロンを買ってくれた。くれたのはいいが、生まれてから六十八年間、エプロンなど身に着けたことのない銀治にとっては、二か月経ったいまでも袖を通すたびに、恥ずかしさと照れくささの綯《な》い交《ま》ぜになった複雑な気持ちになってしまうのだった。

「あ、銀治先生はめだか組さんに入ってください」

「はい」

背後から克代に声をかけられた銀治は振り向いて頷いた。銀治は基本的には五歳児クラスの補助職員だが、人手の足りないクラスがあればヘルプとして入るように言われている。

「あとこれ。あさってからのお泊り保育のしおりとレジュメです。目を通しておいてください」

差し出された書類を受け取って軽く頭を下げる。

ふたば保育園では毎年九月に、最年長のぞう組みんなで奥多摩にある「わんぱくキャンプ村」で一泊二日のお泊り保育を体験することになっており、銀治もヘルプ要員として参加を求められていた。

キャンプか。銀治はレジュメに目を落としながらぼんやり考える。陽子が小学校の低学年だったころ、友だちと家族ぐるみでキャンプ場へ行くという計画が持ち上がったことがある。だがただでさえひとと接するのが苦手な銀治は「仕事があるからおれは行けない」と言って、同行しなかった。あのときの寂しそうな恨めしそうな陽子の顔——

陽子。

陽子のことを思うたびに、銀治の胸の奥底に鋭い痛みが走る。

すい臓がんを患っているという、ひとり娘の陽子。

会いに行きたい、顔を見たい。辛《つら》い思いやしんどい思いをしてやしまいか。その思いに突き動かされて一度、陽子と妻だった律子の住むマンションの前まで行った。けれどもそこで足が止まってしまい、インターフォンを押すことができなかった。

今夜こそ訪ねてみよう。

しおりとレジュメをエプロンのポケットにしまいながら銀治は思う。きっと陽子に残された時間は長くはない。このまま、陽子に憎まれたまま永《なが》の別れをしたくはない。でもどうしたらいいのだろう。これまでのことを謝罪すれば陽子のこころもほぐれるだろうか。けれどあれだけ関係がこじれてしまったのに、謝罪のことばだけで「なにもなかったこと」になるものだろうか。いや、とてもそうは思えない。だとしたらおれはいったいどうすればいいのだ――

考えかんがえ階段を上がる。とりあえずいまは子どもたちの世話をしなくては。銀治は無理やり陽子への思いを封じ込む。

上がって左手、ゼロ歳児めだか組の教室から、子どもたちのにぎやかな声や泣き声が聞こえてくる。

「失礼します」

声をかけ、脱走防止用の柵を大またで越える。ゼロ歳児のお昼は十一時から始まる。いまは食べ終わり、コットと呼ばれる簡易ベッドに寝そべる子とまだ食事が終わってない子が半々くらい。床には食べ散らかされた給食のかすが、わんさと散らばっている。ゼロ歳児はまだスプーンが使えず、みな手づかみで食べているので、どうしてもこのような「惨状」になってしまうのだった。

今日の給食はおむすびだったのか。床のあちこちにこびりつく米つぶを見て銀治はため息をつく。こりゃあ掃除も大変だ。教室の隅に立て掛けられたほうきとちりとりを手にし、銀治は腰をかがめた。

生まれてこのかた銀治は家事というものをいっさいやった経験がない。幼いころから母のトシ子に「男は家事なんてするものじゃない」といわれ、そういうものかと思って育ってきた。律子と結婚したあともトシ子はなにごとにつけ「男は外で働き、家事は女に任せろ」と言いつづけ、銀治が台所に立とうものなら烈火のごとく怒り出し、口をきわめて律子を罵った。おとなしい律子は口ごたえすることもなく、トシ子の言いつけに淡々と従った。当然育児も「女がやるもの」と決めつけ、トシ子はすべてを律子に押しつけた。そのころの銀治はそうした状況になんの疑いも持たず、皿一枚洗うこともなく、ましてや幼い陽子の世話など焼いたこともなかった。

なのにこの歳になったいま、掃除や洗濯そしておむつの処理まですることになるとは。人生はわからないものだ。床にこびりついてなかなか取り除けない米つぶと格闘しつつ銀治は苦い笑いを浮かべる。

「銀治先生、掃除が終わったら床の消毒お願いします」

「そのあと子どもたちのエプロンとハンカチをロッカーにしまってください」

「それが終わったらぞう組のお掃除よろしくです」

若い女性保育士たちの声があちこちから上がる。

「わかりました」

床に顔を向けたまま銀治はこたえる。

ふたば保育園で働くまで、銀治は保育士とは子どもと遊んでいればよい仕事だと思っていた。だが現実はまったく異なり、とにかく掃除が多い。午前のおやつのあと掃除と床の消毒、それが給食後、そして三時のおやつのあとと少なくとも三回はつづく。さらにはテーブルを拭いた台拭きの洗濯にそれらの物干し、トイレの掃除やおもちゃの消毒など仕事はいくらでもあった。とにかく掃除を早く終わらさねば。銀治は床に置いてあったごみ箱をなにげなくテーブルに乗せた。とたん、

「銀治先生、床に置いてあるものをテーブルに乗せないでください」

めだか組の担任から注意されてしまった。

「あ、すみません」

「あと椅子の下にまだ米つぶが残っています。もうちょっと丁寧にお願いしますね」

「わかりました」

眼鏡はかけているものの、老眼でなかなか細かいものが見えない。銀治は巨体を丸め、積まれた椅子の下にほうきを伸ばした。と、右横から、

「あーででーででであー」

柔らかな声がし、赤ん坊がひとり、銀治によじ登り始めた。

「どうしたの。昼寝しないのかい」

銀治はほうきを置き、女の子に向き直る。

「あむあむあ」

女の子はこたえるように声を発して膝のうえにちょこなんと座り込み、ぺちぺちと銀治の脇腹をたたく。銀治は恐るおそる赤ん坊のからだに手を回し、膝から落ちないようにそっと抱きしめた。赤ん坊はどこまでも柔らかく、そのちいさいからだはちょっとでもちからを加えたらもろりと毀れそうだ。働き始めて二か月経ったいまでも怪我をさせたらどうしようという不安から、銀治は抱っこしたまま立ち上がることができないでいる。

なにが可笑《おか》しいのか赤ん坊がけらけらと笑い始めた。銀治はそっと鼻を近づけ、赤ん坊の頭の匂いを嗅いだ。シャンプーの残り香と、体温で温められた肌の甘やかでどこか芳《こう》ばしい匂い。その匂いは、真夏、太陽に照りつけられた草の実の匂いを連想させる。

赤ん坊というものは、こんなによい匂いのするものだったたか。銀治は幼い陽子を抱いたときの記憶を呼び覚まそうとするが、それはあまりに遠くはかなくて、よみがえってはくれない。

「銀治先生、そろそろぞう組に戻ってきてください」

階下からひとみの呼ばわる声がした。

「いま行きます」

「銀治先生、ありがとうございました」

めだか組の担任が、膝のうえの赤ん坊をひょいと抱き上げた。

「だいだいだい」

赤ん坊が銀治に向かって手を伸ばす。

「里緒理《りおり》ちゃんはほんとうに銀治先生のことが好きなのね」

担任が優しく語りかける。そのことばがわかってか、あるいはただの偶然か、赤ん坊がこくこくと首を振った。担任が声を上げて笑った。銀治の頬が自然と緩んでいく。


手土産の煎餅《せんべい》が入った紙袋を手に、銀治はいま、白い六階建てのマンションの前にいる。離婚するとき律子に頼み込み、ふたりの住むこのマンションの住所だけは教えてもらっていた。とはいえじっさいに訪ねたことはなく、ここまで来るのは陽子の病気を聞いたあの夜から二回めになる。

会わなくては。陽子には、たぶん残された時間はあまりない。嫌われ、怒りを向けられたまま、陽子に旅立って欲しくなかった。そう頭では思うものの、かんじんの手が足が動かなかった。

銀治はガラス張りの集合玄関を見つめる。女ふたりが住むマンションらしく、オートロックつきで簡単には部屋の前まではいけない。わずかに夕暮れの淡いあかりが残る路上で、銀治は途方に暮れる思いでマンションを見上げる。

かしゃこしょ。レジ袋のこすれる音がして、銀治は反射的に振り向いた。角を曲がって来た中年の女性が、ぎょっとしたように立ち竦んだ。みるみるうちに眉間がくもり、目つきが鋭くなってゆく。

いかん。不審者だと思われたかもしれん。

銀治はなるべくさりげなく、マンション前から数メートル離れた。これまたなるたけさりげなく後ろを振り返る。女性は銀治から目を離すことなく、ガラス扉の前から銀治の行動を窺《うかが》っている。

今夜はやめておこう。験が悪い。そう決め、来た道を引き返す。横を通り過ぎるときも、女性の視線は銀治に固定されたままだった。

仕方ない、今夜はタイミングが悪かったんだ。そうじぶんに言い聞かせ、道を歩いていく。こころの奥に、「会わなくて済んだ」というほっとした気持ちがわいてくる。わいてきたことに自己嫌悪を抱きながらも、ふたりに会わなくて済む理由が見つかったことに、やはりほっとしてしまう。

なにをやっているんだおれは。銀治はぴたぴたと頬を手で叩く。

今夜は無理だったが、この次こそふたりを訪ねるぞ。そして和解しなくてはならん。

駅への道を早足で歩きながら、銀治はこころのなかで繰り返す。


「銀治先生、見てみて！　こんなでっかいの採れた！」

紋太が天然パーマの髪を揺らしながら、とうもろこしを抱えて走って来た。

「すごいな紋太くん。ひとりで採ったのかい」

「ううん、空くんと一緒に採ったんだよ、な」

「固かったけどね、思いきり引っ張ったら採れた」

紋太の横で、真っ黒に日焼けした阿部空が得意げに鼻の穴をふくらませる。

九月中旬に行われているふたば保育園の一泊二日のお泊り保育は今日が二日め。宿泊場所となった「わんぱくキャンプ村」は、奥多摩の山々の麓に広がる広大なキャンプ場だ。場内には整備された小川が流れ、自然をいかした森や林が残されている。キャンプ場というだけあって、テント設置できる平地も用意されているが、まだ五歳の子どもたちにテント生活は難しく、五人用のバンガローを四棟借り、そこに銀治たちおとなが付き添って寝泊りをしていた。

食事は昨日の夜がカレーで、これは子どもたちにも野菜を切る、お皿を並べるなどお手伝いをさせて、みんなで楽しくにぎやかに食卓を囲んだ。

食事のしたくだけではなく、ふとんの上げ下ろし、食器の片付け、部屋の掃除と子どもたちも簡単な仕事を担った。

朝ごはんは用意しておいたコッペパンにマーガリンを塗り、ウインナとレタスを挟んだ先生たちお手製のホットドッグ。たくさん遊んでよく寝た子どもたちは、全員用意された朝食をぺろりと完食してくれた。

朝ごはんが終わった午前中は、長いながい滑り台や、ロープで組まれた橋など施設内に常設されているさまざまな遊具で遊んだ。最高気温は今日も三十度を超えているが、山に抱かれたキャンプ場には涼しい風が吹き渡り、火照ったからだを冷やしてくれる。

そして昼食前のいま。畑に入り、とうもろこしの収穫をおこなったのちに、今回のメインイベント、ポニーに乗っての馬場一周が予定されている。そのあとのお昼にじぶんたちで収穫したとうもろこしと鉄板で作る焼きそばを食べたら、バスに乗って園に戻る手はずになっていた。

昨日も今日もよく晴れて、揃いの青の帽子をかぶったぞう組の園児たちはじぶんたちの背たけよりおおきいとうもろこし畑のなかを生きいきと遊びまわっていた。

引率は担任の克代とひとみ、園長の篠原と銀治の四人だ。

「よく採れたね。克代先生にお名前、書いてもらってきなさいね」

篠原園長が紋太と空の頭を撫でた。

「うん！」

声を合わせて頷くと、ふたりは畑の隅にいる克代のほうへと走ってゆく。そのすがたを目で追いながら篠原園長がつぶやいた。

「とうもろこしの収穫なんて初めてでしょうね」

「そうですね」

「子どもの可能性は無限大です。こうやって初めての体験を積み重ねることで、感性豊かに育ってくれれば……」

篠原園長のことばに、銀治は静かに頷いた。

お泊り保育とやら、面倒そうで気乗りがしなかったが。銀治は畑のあちこちで歓声を上げる園児たちを見ながら思う。ふだんできない野菜の収穫や小川での魚とり、みんなで作るカレーライスは五歳の子どもたちにとってきっと生涯忘れえない思い出になるのだろう。

たった二日間ではあるが、さまざまな経験をとおして子どもたちの顔がすこしたくましくなったように銀治は感じる。

来てよかった。子どもたちの笑顔はいいものだ。銀治は森からただよう甘い匂いを全身で吸い込みながらおおきく伸びをした。

「銀治先生、こっち手伝ってください」

畑のなかからひとみが手を振った。横には大翔がいて、太いとうもろこしにしがみつき、うんうん唸《うな》っている。

「はいはい」

銀治はとうもろこしをかき分けてふたりのそばまで来た。

「わたし女の子たちのほうを見てくるので、大翔くんのことお願いできますか」

「了解です。大翔くん、さあがんばろう」

「うん！」

大翔は暑さで真っ赤になったほっぺたを緩ませて頷いた。見ると、もうあとひと息で枝からもげそうなところまで来ている。

「大翔くん、先生がちょっとだけ手伝うから、思いきり引っ張ってごらん」

「わかった！」

大翔がとうもろこしを摑み、下に向けて引っ張った。銀治は手を添え、ほんの少しだけちからを加える。

めりめりめり。小気味のよい音を立ててとうもろこしが折れた。はずみで大翔がよろめく。

「採れた！　採れた！」

興奮した大翔がとうもろこしを抱きかかえ、ぴょんぴょん跳ねた。

自宅を離れての泊り保育、大翔の行動が心配だったが、さいわいにも昨日キャンプ村へ着いてこのかた大翔はおおきなパニックや騒ぎを起こすこともなく、みなと一緒に行動ができている。

大翔の輝くような笑顔を見て、銀治も笑みを浮かべた。

「銀治先生、これはんぶんあげる」

「え、いいのかい」

「うん。克代先生に書いてもらってくる！」

跳ねるような足どりで大翔が克代のほうへと走ってゆく。

「先生、大翔くんにすっかり懐かれましたね。あの事件以来、きっと大翔くんにとっては先生はヒーローなんでしょう」

いつのまにか隣に来ていた篠原園長がしみじみとした声を出した。

「そうだと嬉しいのですが」

照れくさくなり、手のひらで頬をこする。

自閉症やらなんやら抱えてはいるが、こうしてみればごく普通の子じゃないか。同年齢の子どもたちとともに育つうちにきっとだんだん落ち着いてきて、癇癪《かんしゃく》もおさまるに違いない、きっと。

「みんなーとうもろこしは採れたかな。採れた子は先生に渡してこっちにきて並んでね。つぎはポニーさんに乗りに行きます」

克代がおおきく手を振った。子どもたちから歓声が上がる。サインペンで「ひろと　ぎんじ」と書いてもらったとうもろこしを振り回しながら大翔が克代の隣でぴょんぴょんと跳ねる。

一列に並んだ子どもたちは紋太を先頭に馬場に向かった。馬場は一周五十メートルほどの楕《だ》円形《えんけい》をしており、周りは木の柵でかこわれている。若いスタッフに手綱を引かれたポニーは鼻の先だけちょろりと茶色い白毛の牝馬《ひんば》だ。銀治にとってはちいさな馬だが、子どもたちはじぶんの背たけよりおおきいポニーを目を丸くして眺めている。

「じゃあ順番を決めます。かっこよく待ってるひとからお名前を呼ぶので、みんなここに整列してね」

克代の声に、子どもたちがあわててしゃんと背すじを伸ばす。

「誰から呼ぼうかな」

克代がみなをじゅんぐりにみる。

「ひろくん！　ひろくん一番がいい！」

列の端っこで大翔が大声で手を上げた。

「だめだよひろくん。かっこよく並べてるひとからだよ」

「ひろくん一番！　一番がいいの！」

大翔が地団太を踏み始めた。克代がひとみと目を合わせて頷いた。ひとみがするりと子どもたちの横から離れ、代わりに克代が大翔の隣へ向かう。手をつなぎ、みなから少し離れた場所へと連れて行く。パニックが起きたときは、刺激を減らしクールダウンさせるためにあえてほかの子たちと距離を取るのだと以前克代に聞いていた。肩に手を置き、目線を合わせて、克代が大翔に言い聞かせ始める。だが大翔は「一番がいい！」と叫びつづけている。

ぐるりと子どもたちを見渡したひとみが、

「じゃあ蓮くん。蓮くんに最初に乗ってもらおうね。蓮くん、こっちおいで」

蓮を手招きした。蓮が、嬉しいようなそれでいてちょっと緊張したようなおももちでひとみの横に歩いていく。男性スタッフがゆっくりとした動作でポニーを蓮の横につけた。ポニーが長いまつげを瞬かせ、鼻づらを蓮に向けた。おびえたような顔をした蓮が一歩、後ろに下がる。

「だいじょうぶだよ、この子はココちゃん。とってもおとなしい子だから、よろしくね」

スタッフに声をかけられ、蓮が小刻みに頷く。

「じゃあ乗ってみようか。まず踏み台に足をかけて、それからよいしょって背中に登ろう」

踏み台に乗った蓮を抱きかかえるようにしてスタッフがポニーの背に乗せた。

「すごい、高い」

ポニーの背中からあたりを見回した蓮が、めずらしく興奮した声を出した。

「手綱を緩めに持って……そうそう、じゃあ一周してこようね」

蓮が頷いた。スタッフが声をかけると、ポニーはゆっくりと歩きだした。

蓮のからだがポニーの歩みにあわせてゆっくりと揺れる。緊張がじょじょにとけて、蓮の顔に笑みが広がってゆく。

いい顔しているなあ、蓮くん。

子どもたちの列の端で銀治は思う。ポニーに乗るなんて経験はなかなかないだろう。この経験が蓮のなかで楽しかったお泊り保育の記憶として残り、おとなになったあとも懐かしく思いだしてくれるといい。

目を細め、銀治は馬場を一周して戻って来る蓮を見守る。

と、そのときだった。

ちいさな影が銀治の横を走り抜け、柵をくぐって馬場のなかに入ってゆく。

「大翔くん、危ない！」

克代が叫ぶのと、大翔がちからまかせにポニーのしっぽを引っ張るのはほぼ同時だった。

驚いたポニーがひと声かん高くいななきをあげ、背をのけぞらせて前足で空を掻く。そのはずみで蓮の体勢が崩れ、放りだされるように馬の背から落ちた。

「蓮くん！」

ひとみと篠原園長の悲鳴が響く。ポニーがぶるりと震え、手綱を握っていたスタッフを前足で蹴った。みぞおちを蹴られたスタッフがその場にしゃがみ込む。自由になったポニーが、馬場の外で整列している子どもたちのほうへと走ってゆき、なんなく柵を飛び越えた。子どもたちが叫び声を上げ、ちりぢりに逃げ出す。

いかん、このままでは子どもたちが！

なかば無意識で飛び出し、銀治は暴れまわるポニーの首すじにしがみついた。ちいさな馬のどこにこんなちからがあるのかと驚くくらい、ポニーは取りついた銀治から逃れようと全身を振る。汗にまみれた馬のからだはぬるぬるとして手が滑り、なかなか動きを止めることができない。右に左にと暴れるポニーに銀治は振り回される。

この手は絶対に離さないぞ。子どもたちに突っ込むことだけは防がなくては。銀治は渾身《こんしん》のちからを込めてポニーを押さえ込む。

「どうどう」

銀治はポニーに声をかけ、なんとか手綱を摑んだ。首すじから背中にかけてぽんぽんと叩いていくと、興奮していたポニーがじょじょに静まってゆく。

「あ、ありがとうございます」

スタッフが駆け寄り、銀治から手綱を受け取った。

「蓮くん、だいじょうぶ⁉」

「どこか痛いところはない？」

ひとみと篠原園長が泣いている蓮に問いただす。

「ここ、ここ痛い……」

蓮が右肩を押さえた。篠原園長がひとみの肩を摑む。

「ひとみ先生、救急車を呼んでください」

「はい」

「銀治先生、ほかの子たちについていってあげてください」

「わかりました」

「克代先生、大翔くんは無事ですか」

こたえはない。篠原園長が声を張り上げた。

「克代先生！　どうしたの克代先生！」

大樹の後ろに隠れた子どもたちのほうへと走りながら、銀治はちらりと後ろを振り向いた。大翔を後ろから抱きかかえた克代の顔は真っ白で、目は開いてはいるものの、その瞳はなにも捉えていないように思える。

大翔もまた、じぶんが起こしてしまった騒ぎに動転しているのか、からだをこわばらせ、いまにも泣き出さんばかりの顔をしていた。


蓮の落馬事故を受けての緊急保護者会は、お泊り保育の一週間後に開かれた。

一週間前とは打って変わって空は厚い雲で覆われている。湿度も高く、会場となった保育園のホールには冷房が入ってはいるものの、じっとりと汗ばんでくるような重い空気が漂っていた。

ホールには年長児用の椅子が並べられ、園庭につながるガラス窓を背に、ぞう組の保護者たちが座っている。保護者たちと対峙《たいじ》するように前方にも椅子が置かれ、向かって右からひとみ、篠原園長、そして克代が緊張したおももちで腰かけていた。銀治の席は克代たちのやや後ろだ。そこからでも克代の顔色が白を通り越して青くなっているのが見える。

今回の問題の深刻さをあらわすように、保護者用の席は九割がたうまっている。銀治の知らない保護者もちらほらおり、好奇心もあらわにこちらを見つめてくる。

用意された席の真ん中あたりに蓮の母親が陣取り、その周囲には仲がよいのか阿部空や長谷川浩一郎など男児の母親が数人固まって座っていた。ときおり視線を保育士たちに投げては小声で話し合っている。残りの席をうめた保護者たちは、ハンカチで額の汗を押さえながら配られたレジュメに目を落とすもの、ぼんやりと園庭を見やるもの、そしてスマホの画面に見入るものとさまざまだ。

彼らをざっと眺めてから、銀治はホールの壁時計を眺める。一時五十五分。始まるまであと五分だが、かんじんの大翔の保護者がまだ来ていなかった。

来ないつもりだろうか。でもそれでは欠席裁判になり、かえって大翔に不利に働くのではないだろうか。やきもきしながら出入り口を見つめていると、片開きのガラス戸ががらりと開き、

「遅くなってすみません」

紋太の父であり、市役所のシルバーセンター担当である平岡啓介が入って来た。全員がざっと出入り口へと顔を向ける。圧倒されたかのように啓介が一歩あとずさり、会場を見回した。知り合いである銀治を見つけるとほっとしたような表情になり、ちょうど空いていた銀治の目の前の席に座った。保護者たちは啓介に興味を失ったのだろう、またおしゃべりやスマホに戻っていく。啓介がそうっと銀治の横に来た。

「えらいことになっちゃいましたね、八代さん」

「うん、まあそうだね……」

「それで大翔くんの親は」

「まだ来てないようだ」

銀治がこたえるのと同時に扉がまた開いた。全員の視線を一身に浴びて、下を向き、だれとも視線をあわせないようにした大翔の母親がおずおずと入室して来た。そのまま最後列の端に腰かける。そんな大翔の母親に蓮の母が射貫《いぬ》くような鋭い視線を投げる。

こりゃあなかなか大変なことになりそうだぞ。銀治は、ほう、ため息をついた。

篠原園長が立ち上がった。

「お待たせいたしました。時間となりましたので、緊急保護者会を開かせていただきます。まず最初に、あってはならない事故が起きてしまったこと、それにより池田蓮さんが右肩脱臼という怪我を負ってしまわれたことに対し全員でお詫《わ》びさせていただきたいと思います。ほんとうに……申し訳ありませんでした」

園長のことばに、克代、ひとみ、そして銀治が立ち上がり、深々と頭をさげる。克代の肩が、かたかたと細かく震える。

あの事故が起こってからの克代の消耗ぶりは激しかった。いつもの勢いはかげをひそめ、ときおりぼんやりと中空を見つめている。体調も思わしくないのだろう、頬のふくらみが消え、肌はかさついて粉をふいている。

「ではまず今回の経緯からご説明いたします。お手もとの資料をご覧ください」

座りなおした篠原園長が老眼鏡をかけ、書類に目を落とした。三分ほどかけて、事故のあらましを伝えていく。

「以上でございます。ここまででなにかご質問はありますでしょうか」

「はい」

待ってましたとばかりに蓮の母親である池田が手を挙げた。

「池田さん、どうぞ」

んんっ。池田が咳《せき》ばらいした。立ち上がり、園長はじめ四人の保育者をぐるりと見渡す。

「お聞きしたいことはふたつあります。まずなぜお泊り保育という特殊な行事に病気をお持ちの掛川大翔くんを参加させたのでしょうか。そしてもうひとつ。なぜわざわざ加配で入っている克代先生がいながら大翔くんの暴走を止められなかったのでしょうか」

池田の発言に、周囲の保護者がいっせいに頷いた。

カハイ？　カハイとはいったいなんのことだ。初めて聞くことばに銀治は首を捻《ひね》る。

「それに関しましては」

「園長先生、わたしからお話しいたします」

克代が手を挙げ、立ち上がった。相変わらず顔色が悪い。倒れたりしないだろうか。銀治は不安にかられる。

「まずひとつめ、大翔くんの参加ですが、保育者であるわたしたちと大翔くんのお母さま、そして小児科の先生となんども話し合い、こういった行事に参加させてあげたほうが大翔くんの発育発達に効果的だろうという結論が出たためです。そしてふたつめ……加配でついていたわたしが、きちんと大翔くんの行動を管理できなかったことは、ただただわたしの未熟さにあります。重ねてお詫び申し上げます」

克代が深く腰を折った。

「わたくしからもお詫びいたします。ふたば保育園の責任者であり、しかもその場にいたのですから、すべての責任はわたくしにあります」

あとを追うように篠原園長が告げ、頭を下げた。池田の声のトーンが一段、上がった。

「あのねえ先生、わたしはべつに先生たちを責めてるんじゃないんですよ。こういう事故が起こった。じっさい蓮は大怪我をした。今後いつまた同じような事故が起きるかわからない、そんな状況では子どもを安心して預けられないですよって申し上げているんです」

「そうですよ。その通り」

「うちの子も、前に大翔くんに叩かれたって言ってました」

「うちもそうです。せっかく大事に作ったプラレールの線路を大翔くんにばらばらに壊されちゃったって」

長谷川や阿部たちが援護射撃をするかのように次つぎと言いたてる。

落ち着いてというように篠原園長が両手を広げた。

「まだ五歳の子どもたちですから、行き違いはしょっちゅうあります。でもそのつど保育士があいだに入って、ちゃんと謝らせたり、もうしないよう声かけしたりしています。ですので」

「じゃあなんで今回こんな事故が起きたんですか」

池田が顎をあげ、園長を睨む。

おっかないおばさんだ。おとなしくて優しい蓮の親とはとうてい思えん。銀治はこころのなかでつぶやく。池田がことばを継いだ。

「前々からお話ししているとおり、健常児が通う保育園は大翔くんにはレベルが高すぎるんじゃないですか。市内には病気をお持ちのお子さんのための療育園があるはずです。今からでも遅くない、そちらに移られたらいかがですか」

びくり。大翔の母親の肩が震えた。療育園。そんなものがあるのか。だとしたら確かにそっちに移ったほうが、大翔にとってもよいのかもしれん。

「すみません」

啓介が手を挙げた。

「どうぞ平岡さん」

「あくまでぼくの個人的な意見ですけれども、元気なお子さんたちと触れ合うことで大翔くんにもいい影響が出ているように感じます。障害があるお子さんを隔離せず、社会のなかで育てる。共生というとおおげさかもしれませんが、これからはどんどんそういう時代になっていくと思いますし」

「平岡さんは市役所のひとだから、そういうお題目を唱えていればいいんでしょうけども」

「市役所は関係ありません。ぼく自身の考えです」

池田の嘲笑に、啓介がむっとした声を出した。

「じゃあ平岡さんはお子さんが大翔くんに怪我させられても同じことといえるんですか」

「もちろんですとも」

「だったら紋太くんは大翔くんとだけ遊べばいいわ」

「そんな無茶な」

「共生だのなんだの言いだしたのはそっちでしょうが」

「あのねえ池田さんねえ」

「ちょっと待ってください。おふたりとも落ち着かれてください」

篠原園長がやわらかだが威厳ある声を発した。さすがにふたりとも押し黙る。

「わたしも克代先生も、ゼロ歳児のときから大翔くんやみんなを見ています。日々成長していくすがたに毎回驚かされ、そして感動しています。いまは九月、卒園まであとたったの半年です。六年間、一緒に過ごしたみんなでここ、ふたば保育園を卒業しませんか。どうかお願いします」

篠原園長が頭を下げる。同時に克代も深く腰を折った。池田が長谷川や阿部と顔を見合わせる。

「あの……いいでしょうか」

舞の母親が挙手した。舞とよく似たまつげの長い、整った顔立ちをしている。

「どうぞ谷林さん」

「あの……大翔くんのお母さん、掛川さんのお気持ちはいかがなんでしょうか。そこがとても大事なところに思えるんですが……」

谷林の発言にいっせいに保護者たちが掛川のほうへと振り向く。掛川が肩を竦め、深くうつむく。

「……わたしは……その……」

消え入るような弱々しい声。

「すみません、もう少しおおきな声でお願いできますか」

池田が尖《とが》った声を発する。掛川がさらにからだをちぢこめた。

「……できれば大翔はこのままふたば保育園で預かっていただきたいです。大翔は環境の変化になかなかついていけません。新しいところへ行けば混乱して、かえって悪化してしまうと小児科の主治医の先生にも言われました。それに……」

「それに？」

「……大翔は大翔なりにお友だちのみなさんのことが大好きなんです。行き過ぎた行動は確かにあるけど……それもことばで感情を伝えるのが苦手な大翔にとってはコミュニケーションのひとつ、なんです……」

「叩いたり蹴ったりするのがコミュニケーション？　そんなことってあるんですか」

「はい……大翔にとっては」

「信じられない」

「危ないじゃないの」

「そんなコミュニケーションの取りかたってあるの」

ホールのあちこちから声が上がる。掛川がうつむき、膝の上で揃えた手をぎゅっと握りしめた。

「こう言ってはなんですけど、お母さまのしつけがなっていないんじゃないですか？　ほら氏より育ちってよく言うでしょう」

「自閉スペクトラム症は生まれつきの脳の機能障害です。けっして育てかたが悪いとか、しつけの問題などではありません」

池田のことばに篠原園長がめずらしくきつい声を発した。さすがの池田も口をつぐむ。銀治はこころのなかではらはらしながら成り行きを見守る。見守ることしかできないことが歯がゆかった。

「あ、ちょっといま思いついたことがあるんですけど、いいですか」

長谷川が手を挙げた。園長が視線を向ける。

「どうぞ長谷川さん」

「念書を書いてもらったらどうですか」

「念書？」

「ええ。今度誰かに怪我をさせたら即退園するっていう」

「それは……あまりに」

「いいじゃない、それ」

「そうよね、なにかしらの約束が欲しいわよね」

ほかの保護者たちの多くがいっせいに頷いた。

念書とは。銀治は天を仰ぐ。五歳の子から念書を取るなんて、聞いたことがない。やり過ぎなのではあるまいか。

篠原園長が困った顔で克代とひとみを見た。克代は真っ青なままひたすら前を向き、ひとみは困ったような顔で保護者を見回している。

「念書を取るというのはかなりのおおごとです。わたくしの一存ではなんとも」

「じゃあどうするんですか」

「一度市の保育課に相談して、それから」

「そんなことしてたらいつまで経っても変わらないわ」

「そうよ、市役所に上げたらあちこちたらいまわしにされて、結局うやむやになっちゃうわよ」

あちこちで声が上がった。いっせいに話しだした保護者の声でホールに喧騒がみちる。

啓介が眉根を寄せ、発言する保護者たちを見やる。篠原園長がなにごとか克代に問いかけた。克代がよわよわしく首を振る。

どうなってしまうんだいったい。銀治は鼓動が速まっていくのを感じる。

「はい」

「……どうぞ池田さん」

「多数決で決めましょうよ、園長先生。そうすれば公平でしょう。ね、大翔くんのお母さん、どうですか」

池田が問う。しばしの間。参加者全員が息を詰めて掛川を見つめる。やがてこくりとちいさく掛川が頷いた。

「ほら、大翔くんのお母さんもそれでいいって。園長先生、そうしましょうよ」

池田に迫られた篠原園長が、眉をしかめたまま空を睨んだ。

「……とはおっしゃっても……」

「え、なにがいけないいんですか。当事者の掛川さんがいいって言ってるんですよ。なにも問題ないじゃないですか。ねえ、みなさん」

池田の声かけに、保護者の大勢が頷いた。

「みなさん賛成してくださってる。早く決めてくださいよ、園長先生」

しばしの間。

篠原園長が目を瞑り、眉間を指でぐっと押した。苦渋の表情のまま、ゆっくりと首を縦に振る。

「……では多数決で決めたいと思います。……念書を取ることに賛成のかた」

いっせいに手が上がる。見たところ八割がたの保護者が賛成していた。挙手しなかったのは啓介と舞の母親、それにほんの幾人かの保護者だった。

「……ありがとうございます。それでは賛成多数ということで、念書を……掛川さんにお願いしたいと思います」

苦しげな表情のまま、篠原園長が声を絞り出した。銀治は膝がしらを両手で握りしめる。決まってしまった。あと半年とはいえ、あの大翔がなにも問題を起こさずに過ごせるものだろうか。いやそこを抑えることがおれたち保育に携わるもののつとめなのか。しかし——銀治は逡《しゅん》巡《じゅん》する。大翔の行動は予測がつかない。かといって一分一秒たりとも目を離さず大翔だけについているということは実質上不可能だ。さまざまな思いが頭のなかをぐるぐると回る。

「失礼します。ぞう組さんのお昼寝が終わりました」

年配の保育士がホールの出入り口から呼ばわった。

「……お時間のようですね。このままお子さんを引き取られるかたはぞう組までいらしてください。本日はお忙しいところまことにありがとうございました」

篠原園長が立ち上がり、首《こうべ》を垂れる。つづけてひとみ、克代、銀治も席を立ち、一礼する。

席が近くのものどうし、何事か話をしながら保護者がホールをでていく。

「すみません、掛川さん、少しだけお時間いいですか」

篠原園長が最後列に座る掛川に声をかけた。下を向いたままの掛川がちいさく頷いた。

「困ったことになっちゃいましたね」

啓介が近寄って来、銀治に小声で話しかける。

「ああ。なんとか半年、乗り切れたらいいんだが……あ、そうだ平岡さん、さっき池田さんが言っていた『カハイ』ってなんのことかご存知ですか」

「ああ。加えるに配膳の配と書いて『加配』といいます。障害の可能性が高い子どもを預かるときは決められた人数のほかにひとり、つくようになってるんですよ」

「そうなんですか。知らなかった」

「ほら四歳児もぞう組と同じ十五人でしょ。でも担任ひとりで回していますよね。五歳児も本来ならひとり担任なんですけども」

「詳しいですね」

「シルバーさんの担当になる前、保育課にいたもので。紋太が生まれる前のことですけどね」

「そうでしたか」

「じゃぼくはこれで」

「紋太くん、引き取るんですか」

「いやあまだ役所に仕事残ってるんで、このままそっと帰ります。紋太に見つからないようにしないと」

啓介がひとのよさそうな笑みを浮かべる。手を振って啓介と別れたあと、銀治は椅子の片付けにまわった。ちらり、掛川のほうを窺う。篠原園長と担任ふたりが掛川を囲み、小声で話をしていた。

なんとか守り切りたい。

とうもろこしを差し出してくれた大翔の笑顔を思いだしながら銀治は思う。そのためにおれにできることはなんなのだろう。こたえの出ない問いが銀治のこころで渦巻く。

「銀治先生、できたよ」

「先生、ぼくのおだんごも見てみて」

朝十時。ぞう組は四歳児きりん組と合同で秋の工作、月見だんごのちぎり絵を作っていた。

机にかがみ込み、舞の工作を手伝っていた銀治のもとに、紋太と空が駆け寄って来る。紋太のおだんごは画用紙から溢れんばかりに盛られ、いっぽうの空はきちんと三角形に整えられていた。

「どっちもいいね」

銀治はふたりの頭を撫でる。同じ工作なのにこうも違うなんて。子どもの個性とは面白いものだ。銀治が感嘆していると、出入り口の扉が開き、篠原園長が顔を出した。

「活動中にごめんなさい。克代先生ひとみ先生、それに銀治先生、ちょっといいですか」

園長が手招きをする。

「あ、はい」

「なんでしょうか」

克代とひとみが腰を上げる。銀治も紋太たちのもとを離れ、廊下に立つ園長のもとへと急いだ。

「さきほど大翔くんのお母さまから電話があって、今日も大翔くん、園を休むそうです」

園長が低い声で告げる。

「今日もですか……」

ひとみがため息をつく。

「保護者会の翌日からだから……お休みは四日め……心配よね」

園長のことばに銀治は頷いた。その横で克代が深くうつむく。

あの一件以来、克代はすっかり元気を失ってしまった。保育中も、ときおりぼんやりと窓の外を眺めているすがたが見られる。食事も喉を通らないのだろう、もともと細いからだはさらに痩せ、頬骨が浮き上がってみえる。

なんとか元気づけてやりたい、そうは思うのだが、いかんせん女性が苦手な銀治はどうなぐさめてよいやらまったく見当がつかない。せめて克代の負担を減らそうと率先して園児の輪に入っていくくらいしかできないでいる。

篠原園長がさらに声を低めた。

「それでね、時間外の勤務になって申し訳ないのだけど……もし空いていたら今夜、大翔くんのおうちに行ってもらえないかしら」

「大翔くんの？」

ひとみも園長にならい、声を低くする。

「じつはね、例の念書、まだ書かないのかまだなのかって毎日池田さんから言われててね。わたしとしては、このままうやむやになってしまったほうがいいと思って、あえて掛川さんに催促はしていないのだけど……さすがにこれ以上池田さんたちを抑えるのが難しくなってしまって……」

「ですよね。わたしたちも顔を合わせるたびに言われます」

「大翔くんのことも心配だし、念書を書いてもらいがてらそれとなくようすを見てきてもらえないかしら」

「わかりました。今日は予定なにもないのでだいじょうぶです」

「わたしも……だいじょうぶです」

克代が頷いた。

「わたしも行きますよ」

考える前にことばがまろび出た。克代が眉間に皺を寄せる。

「いえ、銀治先生は……パートさんですし、そこまで甘えるわけには」

「銀治先生にも行ってもらいましょうよ、克代先生。大翔くんがとても懐いているし、おふたりがお母さんと話すあいだ、銀治先生に大翔くんを見ていてもらうこともできるでしょ」

園長のことばにひとみがおおきく頷き、やや間をおいてから克代も首肯《しゅこう》した。園長がほっとしたようにほほ笑んだ。

「あとで大翔くんの自宅住所、お知らせしますね。いろいろ大変ななか、ごめんなさいね。どうぞよろしくお願いします」

三人は揃って頷いた。

「銀治先生、もっと折り紙ちょうだい」

保育室から浩一郎が声を上げた。こたえるべく銀治は浩一郎のほうへとからだを向ける。


大翔の自宅は保育園から歩いて二十分ほどの、まだ畑や空き地が残る住宅街のなかにあった。住宅街といってもあちらに一軒、こちらに一軒といったふうにぽつりぽつりとまばらに建っているだけだ。真新しい家もいくつかみられるが、大半は建ってから二、三十年は経過していそうな古ぼけた家々だった。

夕方とはいえまだまだ陽は高く西日は強烈で、そのなかを歩いて来た銀治たち三人はすでに汗だくになっていた。

「この家のようです」

スマホを見ていたひとみが一軒の家の前で立ち止まった。さびの浮いた門扉、郵便受けには名前が書かれておらず表札も出てはいなかった。白いモルタル塗りの二階建てで、外壁はところどころにひびが入り、ひびに沿って黒いカビが浮いている。

なんとも陰気な家だ。まあおれの家も似たようなものではあるが。

金属製の玄関ドアを見ながら銀治は思う。

ふうぅ、克代がひとつ深呼吸をしてから銀治とひとみを見る。

「いいですか？　行きますよ」

ふたり揃って頷く。

克代が表札脇のインターフォンを押した。ややあってから大翔の母親の声がこたえる。

「……はい」

「こちら掛川大翔くんのお宅でしょうか。わたくしはふたば保育園で大翔くんの担任をしております藤本《ふじもと》克代と申します。今日はお願いしたい件がございましてお邪魔しました」

しばしの間。

「……克代先生、ですか……」

「はい。いつもお世話になっております。今日はわたしだけでなく、ひとみ先生と銀治先生も一緒に参りました。お忙しい時間に申し訳ありませんが、少しだけお時間いただけないでしょうか」

さきほどよりも長い間があった。

断られるかもしれん。いい知らせではないことは先方も感じているはずだ。

だが銀治の心配は杞憂《きゆう》に終わった。

「……散らかっておりますけれども」

インターフォンが告げ、ややあってドアが開き、大翔の母親が顔を出した。

礼を言いながら克代を先頭にひとみ、銀治とつづいて家のなかに上がる。

家に入ったとたん、汗や脂を感じさせる臭気にかすかな腐敗臭の混じった空気が鼻を衝《つ》いた。

三和土は三輪車やサッカーボール、枯れた鉢植えやフラフープなどが乱雑に散らばり、脱いだ靴の置き場所に困るほどだ。

三和土を上がってすぐの玄関先には、段ボールや衣装ケース、ごみの入った袋などがびっしり置かれ、ひと一人がようやく通れるほどの狭さしかない。わずかに見える床面には埃がたまり、あちこちの隅に吹きだまっている。笠《かさ》のついていない裸電球がひとつだけ灯《とも》っているが、この空間を照らしだすにはまったく足りていなく、家のなか全体が薄暗い闇に包まれているようだった。

掛川に促されるまま三人はこちらも散らかった玄関先を慎重に抜け、短い廊下を進む。数歩、歩いたところで階段を駆け下る音がして、大翔が三人の前にあらわれた。

「銀治先生！」

顔じゅうに笑顔を浮かべた大翔が銀治の腰に抱きつく。

「元気にしてたかい」

頭を撫でると大翔は銀治の顔を見上げながら、「うん！」と張りのある声を出した。

「こちらにどうぞ」

掛川が手で指し示す。

通されたのはリビングらしき八畳ほどの洋間で、テレビに本棚、まだ開けられていない引っ越し業者のロゴが入った多数の段ボールが乱雑に積まれている。この部屋も玄関先と同じく荒れており、テーブルのうえには空のペットボトルや、菓子パンの入っていたらしきビニール袋が散らばっていた。床のうえには片方だけの靴下や子ども用パンツにTシャツなどの衣類が脱ぎ捨てられている。

部屋の中央にはくすんだ緑色の三人掛けほどのソファ。銀治たちが部屋に入っていくと、ソファに寝転び、ゲームをしていた大翔よりふた回りほどからだのちいさい男の子が驚いたように顔を上げた。

「こんばんは。遊んでいるところにごめんね」

ひとみが男の子に声をかける。男の子はこたえず、じゅんぐりに三人の顔を見つめた。

「大翔の弟の光喜《こうき》です。こうちゃん『こんにちは』は？」

「こんにちは」

上目遣いで三人を窺いながら光喜があいさつをする。眉毛と目のあたりが大翔にそっくりだ。

「大翔くん、弟がいたんだね」

銀治が、まだ腰に抱きついている大翔に問う。

「うん。三歳だよ」

「光喜くんも保育園に通っているのかい」

「通ってる。ええと、つくし第一保育園のはと組さんだよ」

兄弟ふたり、別の園に通わせているのか。送り迎えが大変そうだ。

銀治の思いを読み取ったのか、

「……ほんとうは同じ園に通わせたかったんですが……光喜のことを考えると、兄とは別の園のほうがいごこちがいいかと思いまして」

三人と視線を合わせないまま、掛川がこたえる。

そうか、弟のためを思ってか。銀治は納得する。たしかに同じ園では大翔の起こすさまざまな揉め事がしぜん目や耳に入って、弟も過ごし辛かろう。

「こうちゃん、悪いけどお部屋に上がっててくれる？」

「うん」

こくりと頷き、光喜がソファから降りる。そのようすを克代がじっと見つめている。

「ひろくんも。お母さん、ちょっと先生とお話があるから二階に行ってて」

「やだ、ひろくん銀治先生といっしょがいい」

「お夕飯のとき、ところてん出してあげるから」

「ほんと!?」

掛川が頷くと、大翔は銀治の腰に回していた腕を離し、弟のあとを追って部屋から駆けだした。

「大翔くん、ところてんがお好きなんですね」

「そうなんです。子どものくせに変わったものが好物ですよね」

そう言って掛川が薄く笑んだ。銀治の初めて見る笑顔だった。

「狭いソファですがどうぞおかけください。いまお茶を」

「いえどうぞお気になさらず。お話が終わったらすぐお暇《いとま》いたしますので」

克代が手を振る。

「そうですか……ではお言葉に甘えて」

「お邪魔します」

一礼をして克代がソファに座る。まんなかにひとみ、その横に銀治が腰掛ける。座ったとたん、テレビ横の壁におおきな穴が開いているのが目に入った。克代もひとみも気づいたのだろう、穴に視線をそそいでいる。

「……大翔が暴れて開けてしまって。引っ越してからまだ二週間だというのに」

三人の視線を追った掛川が小声で説明する。

家でもやっぱりパニックを起こすのか。家族はさぞ大変だろう。じぶんの手のひらくらいある穴を見つめて銀治は思う。逃げようにも逃げ場所がない。受け止め、静まるのを待つしかないのだ。

「お引越しされたのですか」

克代が問うと、掛川が首肯した。

「前はもっと駅に近いマンションに住んでいたんですけど……住民のかたから苦情が出てしまって」

「そうでしたか……大変でしたね」

ひとみが気持ちのこもった声をかける。掛川が無言で頷いた。

確かに大翔に集合住宅は合わなかろう。あの勢いで暴れたらすぐに苦情が届きそうだ。住む場所さえも大翔の特性に合わせなければならないとは、家族はほんとうに大変だ。銀治は軽く吐息をついた。

克代が口火を切る。

「大翔くんがお元気そうでまずは安心しました。保育園をお休みしているあいだはお母さまが家で見てらっしゃるのですか」

「いえ、シッターのかたに来ていただいて見てもらっています。わたしも仕事がありますし」

「それは……金銭的にも負担がおおきいのではないですか」

「そうなんですが……ほかに方法もありませんし」

「失礼ですがお父さまは」

「仕事で忙しくて。朝は子どもたちが寝ているうちに出て行きますし、帰りは深夜になる日ばかりで」

「ではほとんどの時間をお母さまおひとりで？」

「ええ。ほかにどうしようもないですから」

掛川のことばに、ずきり、銀治の胸が痛む。

四十年前のおれと同じだ。仕事しごとで家にいたためしがなく、家事、ましてや子育ては母親のすることと信じ切り、なにひとつしてこなかった。その結果がいまのおれだ。たったひとりで、話し相手も、ましてや人生をともにする伴侶も失った――

んんっ。克代が咳ばらいをした。じぶんの思いに沈んでいた銀治は、はっと我にかえる。

「それで今日伺った用件なのですが、ふたつありまして。ひとつめは、ぜひ大翔くんに保育園に戻ってきていただきたいと」

「保育園に……」

克代が身を乗り出した。

「お泊り保育の件は、ほんとうにすみませんでした。わたしがついていながらあんなことになってしまって。今後はよりいっそう大翔くんの行動に敏感になって、二度とあのようなことがないように全力を尽くします」

「新人で頼りないですが、わたしもがんばります」

ふたりにつづけて銀治も口を開く。

「わたしも……ぜひともまた大翔くんと保育園で遊びたいんです。大翔くんの笑顔がないと寂しいんですよ」

こころからのことばだった。確かに大翔の面倒を見るのは大変だ。だがたまに向けてくれる輝くような笑顔、あの笑顔はなにものにも代えがたいとしんから思える。

「そう言われましても、わたしも不安で……」

「お母さまのお気持ちはよくわかります。でもせっかくゼロ歳で入園して、あと少しで卒園じゃないですか。わたし、大翔くんの卒園するすがたをぜひ見たいんです。一緒にがんばりませんか。どうかお願いします」

克代が深く頭を下げる。その横でひとみも、そして銀治も首を垂れる。

無言の間が流れた。長い間に銀治には感じられたが、じっさいは一分も経っていなかったろう。ようやく掛川が口を開いた。

「大翔をふたたび保育園で卒園させてやりたい、その思いはもちろんあります。そのいっぽうで、やはり大翔は療育専門の園に通わせたほうがあの子のためになるんじゃないか、そう考えるときもあるんです」

「はい」

「お気持ち、よくわかります」

膝のうえで組んだ両手を見下ろしながら掛川がぽつぽつと口を開く。

「……親馬鹿だと思われるかもしれませんが、先生、わたしはいまだに大翔は普通の子なんじゃないかって考えてしまうときがあるんですよ……どうしても諦めきれないというか……いえ、受け止めきれないというか……」

語尾が掠《かす》れ、そして消える。克代がすくいあげるように掛川を見た。

「お母さまのお気持ちは当然ですし、よくわかります。わたしは二十年間保育士をやっておりますが、大翔くんと似たようなお子さまをお持ちの保護者さまで、同じような葛藤を抱えていらっしゃるかたを何人も見て来ました。この問題の難しいところは、なにが正しいこたえなのか、見極めるのがとても困難なところにあると思います。大翔くんと同じように普通の保育園に通って、そのまま小学校でも通常級に進学されたお子さまもいらっしゃいましたし、あえて療育専門の園に通わせ、その後特別支援学校で生きいきと過ごすお子さまも見ました。ようは子ども一人ひとりにとって、なにがその子のためになるのか見極めることが大切ではないのかと。そして大翔くんにとっては……ゼロ歳から過ごし、通い慣れたふたば保育園で最後の半年を過ごすのがいちばんよいとわたしには感じられるんです」

掛川が顔を上げ、克代の目を見つめた。

「お母さま、あと半年、がんばってみませんか。きっと今後の大翔くんの人生にとっても、それがいちばんよいことだと思いますよ」

「お願いします」

克代とひとみにつづけて銀治もふたたび深くお辞儀をした。

またしても長い沈黙が四人のあいだに降りてくる。ふぅぅう。掛川が息を吐き出した。

「……頭を上げてください、先生がた。わかりました、先生がたを信じて来週からまたふたば保育園に通わせます」

「ありがとうございます！」

ひとみが頭をはね上げた。克代がさらに深く首を垂れる。銀治は掛川の視線を捉えた。揺れるまなざし。眉間に寄った皺。がんばります、任せてください。そんな気持ちを込めて頷いてみせる。克代が頭を上げ、口を開いた。

「そしてあの……もうひとつの用件というのがですね……」

「……例の念書のことですよね」

掛川が疲れた声を出した。克代とひとみがちいさく頷く。

「こんなことになって園としてもほんとうに申し訳なく感じてはいるのですが……一部の保護者のかたから『早く念書を』と執拗《しつよう》に言われておりまして」

「一部の保護者……池田さんですか」

「それに関してはわたしどもの口からは」

「やっぱり……書かないとだめですかね」

掛川が深いふかいため息をついた。両の指をこめかみにあて、ぎゅっと目を瞑る。

「なんとか書かなくてすむよう、園長もずいぶん説得を重ねたのですが……『多数決で決まったことだから』とどうしてもゆずっていただけなくて……」

長くて深い沈黙が四人のあいだに流れる。膝がしらに目を落としたまま考え込む掛川を、銀治は息を詰めて見守る。掛川が頭をひとつ振った。つやのない短い髪が揺れる。

「……書きます。どんなふうに書いたらいいか教えてください」

銀治は詰めていた息を吐き出した。克代がほっとしたような声をだす。

「ほんとうに申し訳ありません。大翔くんがほかのお子さまとうまくやっていけるように、よくよく気をつけます」

ひとみがトートバッグを引き寄せ、紙を一枚取り出した。

「こちらで文章を用意しました。これと同じように書いていただけますか」

「わかりました。用紙は……」

「この便せんをお使いください」

頷いた掛川が差し出されたボールペンを手に取る。

とうとう念書を書くことになってしまった。これからはいま以上に大翔の見守りをつづけなくてはならない。銀治は気を引き締める。

「おかーさーん、ところてんまだー？」

階上から大翔の無邪気な声が聞こえて来た。


「とりあえずは、よかったですね」

「そうね、また登園してくれるのは嬉しいわね」

「じゃあお疲れさまでしたということで乾杯しましょう」

ひとみのことばに、銀治と克代は生ビールのジョッキを持ち上げた。

「ではでは。乾杯」

「乾杯」

銀治はジョッキを克代とひとみのジョッキにあてた。がちん。ガラスのぶつかる音がする。よく冷えたビールがからからに渇いていた銀治の喉を流れ落ちていく。緊張がとけたせいもあって、ひと息ではんぶんほど干してしまった。ふう。思わず息が漏れる。

大翔の家を辞し、駅まで戻ったところで、ひとみが「せっかくだから飲みに行きませんか」と言いだした。

「いやいやわたしは。おふたりで行ってください」

銀治は両手を振る。女性と飲みに行くなんてもう何年もしていない。

「ええー行きましょうよ銀治先生。ねえ克代先生」

「そうね、たまには三人で飲むのも悪くないわね」

顔色のだいぶ戻った克代が頷いた。

「しかしですね」

「いいじゃないですかたまには。大翔くんが復活してくれるという嬉しいお話も聞けたし」

「それはまあそうですが」

「あ、ひょっとして銀治先生下戸ですか」

「あ、いいえ。飲むのは大好きです」

「だったらよけいに。軽く一杯いきましょうよ」

「明日はお休みですしね」

ひとみと克代に迫られ、なかば仕方なく銀治は頷いた。

若いひとみが選ぶとなったら、やっぱりおしゃれな店だろうか。イタリアンだのフレンチだのだったら居心地悪そうだ。

だが銀治の心配は杞憂に終わり、スマホで検索していたひとみが選んだのは赤ちょうちんの下がった焼き鳥屋だった。

十五人も入れば満席になってしまうほどの狭い店で、店内は鳥を焼く煙とひといきれでむっとするような濃い空気が漂っている。クーラーは回っているものの、店内は暑くて、銀治は流れ出る汗をおしぼりでなんども拭きとった。

夜の七時半といういちばん混みあう時間帯だが、運よくテーブル席につくことができ、いま銀治はジョッキを片手に、克代、ひとみと向かい合って座っている。

「お待たせしましたぁ」

赤いバンダナを頭に巻いた若い男性の店員が、さきほど頼んだ焼き鳥の盛り合わせを運んでくる。

目の前の炭火で焼かれた若鶏《わかどり》のももにねぎま、ぼんじりにハツ、レバーがこうばしくて甘辛いにおいを漂わせていた。

「銀治先生は、焼き鳥、串から外す派ですか？　それとも外すの嫌派？」

「できれば串からそのままいきたいですね」

「じゃあひとり一本ずつにしましょうか」

ひとみがいそいそともも串を取り上げ、口に運んだ。

「美味《おい》しい。しあわせ」

ひとみが目を細める。そのようすを隣に座った克代が柔らかい目で見ている。

お泊り保育の一件以来つねに青白い顔をして、いつもの威勢のよさをなくしていた克代だったが、とりあえずの決着をみて安心したに違いない。

とはいえほんとうの「戦い」はこれからだ。卒園までのあと半年を、なんとしてでも無事に過ごさなければならない。気を引き締めながら銀治はジョッキを持ち上げ、冷たいビールをいっきに喉に流し込む。

「銀治先生、お酒、お強いですね。次は何にします？」

メニューを手に取ったひとみが聞いてくる。そういうひとみのジョッキもすでに空いていた。

「どうしようかな」

「あ、麒麟山《きりんざん》がある！　わたし日本酒にします」

「麒麟山？」

「新潟のお酒です。美味しいですよ」

「詳しいんですね」

「父が新潟の出身で。よく取り寄せて飲んでいるんです」

「じゃあわたしも同じものをもらおうかな」

「克代先生はどうします？」

「わたしはまだあるからいいよ」

「了解です。すみませーん。麒麟山の伝統辛口、常温でふたつ」

手を挙げてひとみが店員を呼ぶ。

「それにしても……引っ越してまだ二週間で壁に穴を開けてしまうとはね……」

割り箸でねぎまを串から外しながら克代がつぶやいた。銀治は頷いて同意をしめす。

「でも集合住宅より一軒家のほうが、大翔くんにとっては住みやすい気がします」

「そうね。あちこちに気を使いながら暮らすのは大変ですもんね」

銀治は、掛川の疲れきった顔を思いだす。きっと大翔が起こすあらゆる問題に対して母親である掛川はずっと謝りつづけているのだろう。しかも父親が不在がちだというのならなおさらだ。母親ばかりに育児を押し付けず、父親も大翔の面倒をみてやればいいのに。

いやおれにそんなことをいう資格はない。じぶんだって大翔の父親と同じく家事や子育てはすべて律子に負わせてきたのだから……。運ばれて来た日本酒のコップに口をつける。

「あ、美味いな」

思わず声がもれた。辛口だけども、しっかりと味も風味も生きている。

「でしょ。我が家はずっとこれなんです。寒くなったらぬる燗《かん》も美味しいですよ。克代先生も飲みますか」

「わたしあまり飲めないから」

首を振った克代がぽつりとつぶやいた。

「じつはね……わたしが気になったのは家のようすよりも、三歳だという弟の光喜くんのほうなんだ」

「え。どうしてですか」

「銀治先生は『きょうだい児』ってことば、知ってますか」

「いや初めて聞きました」

銀治は首を振る。ビールをひとくち飲んでから克代が話し始めた。

「きょうだい児は、病気や障害のある兄弟や姉妹を持っている子どものことなんです。障害を持つ子どものケアに両親が疲れ果ててしまい、そのせいできょうだいである子にケアや介護を任せてしまうことも多くて。そうなるとその子の学業や進路にまで影響してしまって、希望通りの人生が送れなくなってしまうんです。……ヤングケアラーって聞いたことありますか」

「ああ。テレビでちらっと見たことがあります」

「まさに『若くして介護を担う』子のことを指します。ほら、お母さんお父さんはどうしたって大翔くんよりさきに亡くなってしまうでしょう。そうなった場合、弟である光喜くんが大翔くんの面倒をみなくちゃならなくなる。つまりは一生――お兄ちゃんという重い存在を背負って生きていくことになりかねないんです」

「そういうことでしたか……」

「いまはまだ三歳だし、なにも感じてはいないと思います。でも小学校に上がって中学に入って……だんだん『しんどいな』と思うことが増えてくると思うんですよね」

きょうだい児か。日本酒でくちびるを湿しながら銀治は考える。確かに肉親であるかぎり、光喜は大翔のさまざまな問題を避けて生きていくことは難しかろう。ふと思いついて銀治は克代に尋ねる。

「行政は？　なにもしてくれないんですかね」

「動いてくれてはいます。いま大翔くんのような自閉スペクトラム症や発達障害を持つお子さんが、昔よりずっとずっと増えてるんです。小学校のひとクラスに三人はいるとも言われています。それを受けて発達支援センターや未就学児が通所できる療育園、さらには小学校に上がった子どもの放課後を見守る学童のような存在の放課後等デイケアサービスというものも増えてきました。でもね」

「でも？」

「利用したいというお子さんの数がどんどん増えてきて、どこもキャンセル待ちでいっぱいなんですよ」

「どうしてそんなに増えたんだろう。おれが子どものころはほとんど見かけなかったけどな」

「ひとつには自閉症など診断名がついて、いままでだったら『ちょっと変わった子』で終わっていたものが障害として認知されるようになったから、ですかね。あとは……詳しい理由まではわかっていないんですよ」

「わたし、SNSの普及も影響してると思います」

それまで黙ってふたりのやりとりを聞いていたひとみが口を開いた。

「むかしは『うちの子、なんか変だな』って思っても、家族や学校のなかだけで終わってたと思うんです。でもいまYouTubeやTikTokで『自閉症』や『アスペルガー』で検索すると山のように動画が上がって来て……そういうものを見て「もしかしたらうちの子も」って心配になる保護者が増えて、そういうかたたちが市や園に相談してくるんじゃないかなって」

「そうね、それはあるわね。でもいずれにせよ自治体が見てくれるのはあくまで生活のなかの一部であって、家庭内で起こることは基本家族が引き受けなくちゃならない。いま自閉症をお持ちのかたの平均寿命はどんどん延びる傾向にあります。つまりは光喜くんが背負う時間も……長いものになる可能性が高いんです」

「きょうだい児か……いままで考えたこともなかったな」

思わず銀治はつぶやいた。

「とはいえ子育てについて、わたしになんだかんだ言う資格はないですけどね。じぶんに子どもがいるわけではないので」

牛すじの煮込みを小皿に取り分けながら克代が言う。やや迷ってから意を決して銀治は尋ねる。

「克代先生は、独身なんですか」

「はい。なにせ保育園勤めだと出会いがまったくなくて。ね？」

克代のことばにひとみがぶんぶんと縦に頭をおおきく振った。

「いいなと思う男性は、みんな誰かのお父さんです」

自嘲気味の笑みを克代が浮かべる。

「いつかは結婚したいなと思いながら、気づいたら四十歳になってしまいました」

「四十。うちの娘と一緒だ」

考えるよりさきにことばが口をついて出る。

ふたりが揃って銀治を見た。

「銀治先生、お子さんがいるんですね」

「もしやお孫さんも？」

「いやいや孫なんておりません」

「じゃあ娘さんも」

「ええ、独身で」

「娘さんは実家住まいですか。それとももう独立して」

「いえあの……実家、というか妻とふたりで暮らしていまして」

克代とひとみが顔を見合わせた。克代が口を開く。

「失礼ですがそれって……別居なさってるってことですか」

話そうか話すまいか。銀治は迷う。でもここまで来て隠すのはかえっておかしい気もして来、銀治はこころを決める。

「お恥ずかしい話なんだが……六十五で前の職場を定年退職になってすぐに、妻に離婚を言い渡されましてね。それまで家のことはなにも省みずに仕事しごとの人生だったから、愛想を尽かされても当然と言えば当然の話で」

「それで奥さまと娘さんは」

ひとみがぐっと膝を乗り出す。

「うちを出て行きました。いまは同じ月野市内のマンションに暮らしてます」

「そうでしたか。あ、銀治先生、おかわりは」

「じゃあ同じものを」

頷いたひとみが店員に酒を注文する。

「一緒に住んでいないとなると、いろいろ心配になりませんか。奥さまや娘さんの健康のこととか仕事のこととか」

陽子の、健康。なにげない克代のひとことが銀治の胸を抉《えぐ》る。

陽子。どうしているだろうか。がんは進行しつづけているのか。陽子。

「どうしました、銀治先生」

黙り込んでしまった銀治をひとみがしたからすくうように見上げる。

「……じつは……娘、陽子と言うんですが、すい臓がんを患ってまして……。妻によると余命は半年から一年と言われているようなんです」

ひゅっ。ひとみがおおきく息を呑んだ。克代の細い目が見開かれる。

「……それは……大変ですね」

「大変なのは本人と妻だけで。おれはなにも」

「お会いになってるんですか、娘さんと」

「いや。『お父さんには知らせるな』といわれちゃってね……まだ一回も顔を見てないんですよ」

「会いにいくべきです、銀治先生」

克代がおおきな声を出した。隣のテーブルの会社員らしき男ふたり組が、ぎょっとしたように克代を見る。んんっ。咳ばらいをして克代が声を低めた。

「すい臓がんは見つかりにくくて進行も早いと聞いたことがあります。いまお会いにならなければ、きっとこのさき後悔することになると思いますよ」

「そうですよ。娘さんだって先生の顔をみれば気が変わるかもしれないし」

「それはないと思うんだが……それに会ってもなにもできないし、おれには」

「なーに言ってるんですか！」

どぉん。ひとみが銀治の背中を思いきり叩いた。反動で咳《せ》き込む。酔いのせいだろうか、やや頬を赤らめたひとみが銀治の視線を捉える。

「娘さんがそんな状態だったら、奥さまが看病から家のことまですべてやってるってことですよね。行って、そのお手伝いをするだけでもじゅうぶんだと思いますけど」

「いやしかし」

「そうそう。うちの園に来てから銀治先生、掃除や洗濯、できるようになったじゃないですか。いまこそその成果を発揮すべきときです」

銀治の背を押すように克代がことばを重ねる。

確かにいままでやったこともなかった家事というものを、時間はかかるけれどもなんとかやれるようにはなった。それを言い訳に会いに行くのはいい考えかもしれない。

「……考えてみるよ」

銀治がこたえるとふたりは揃って頷いた。


大翔の家に行ってから数日後。銀治は律子と陽子の住むマンションのまえにふたたび立っていた。時間は夜の七時。この時間を選んだのは通院していたとしてももう帰宅している頃合いだろうと思ったのと、克代とひとみに言われたように洗濯物のしまつでも夕飯の手伝いでも人手が欲しい時間帯だろうと考えたからだ。暑さと緊張で絶え間なく汗が流れ出る。拭いてもふいても汗は浮かんで来、銀治の持つ手ぬぐいはもはやびっしょり濡れて重い。

大翔は週明けからまた登園するようになっていた。楽しそうに遊ぶ大翔のすがたも銀治の背中を押すきっかけのひとつだった。大翔も、大翔の家族もがんばっている。大変なのはじぶんだけではない。みな、さまざまな事情を抱えながら日々を過ごしているんだ。がんばろう、じぶんも。とにかく一歩でも前に進もう。

銀治はこのあいだ渡せなかった煎餅の袋を抱きしめ、深呼吸をひとつしてからオートロックに部屋番号を打ち込んだ。

心臓がばくばくとすごい速さで打っている。口のなかは乾いてからからで、舌が膨らんで喉を塞いでいるような感覚を覚える。

ややあってから律子の声が響いた。

「はい」

「おれだ。銀治だよ」

「八代さん？」

律子の声に緊張が混じる。

「……どうしたんですか、こんな時間に」

「このあいだ話したときからずっと考えていたんだ。陽子に会って……いままでのこと、謝りたいと思ってな」

「陽子にはあなたに話したことは言ってないの。だから」

「陽子の気持ちもわかる。でも」

どのようにことばを継ぐべきかいっしゅん迷う。

「……陽子がいなくなってしまう前に、一度でいい、顔が見たい。だめな父親だってことはよくわかってる。でも……このまま別れてしまうのはやっぱり辛いんだ。頼む、部屋に入れてくれ。長居はしない。すぐに帰るから」

沈黙が落ちてくる。律子の逡巡が手に取るようにわかる。

「頼む。この通りだ、律子」

銀治は深く頭を下げた。その姿勢のまま律子の返事を待つ。

ちいさな吐息がインターフォンから漏れ出た。

「……わかった。陽子の顔を見たらすぐに帰って」

ガラスドアが左右に開く。銀治はマンションのなかへと一歩、踏み出した。

ふたりの部屋は二階のいちばん端にあった。銀治が部屋の前に立つと同時にグレーのドアが開く。固い顔をした律子が三和土に立っていた。

「……どうぞ」

「ありがとう。失礼する」

三和土には女ものの靴が三足。靴箱のうえには淡い桃色のコスモスを挿したガラスの花瓶が置いてある。家のなかはお香だろうか、よい匂いが漂っていた。

銀治を先導するように短い廊下を律子が進み、入ってすぐの左のドアの前で立ち止まる。

「陽子の部屋はここ。さっき病院から帰って来たところ。疲れているだろうからほんとに短い時間にして」

「わかった」

律子が銀治を見上げる。銀治は深く頷いてみせる。律子が部屋のドアをノックした。

「陽子、起きてる？」

「起きてるけど……どうしたのお母さん。さっきの呼び鈴はだれ」

久しぶりに聞く陽子の声だった。ごくり。銀治は唾を飲み込んだ。胸のなかで心臓が跳ねまわる。緊張感で手が小刻みに震えた。

「ちょっとだけいいかな」

「いいよ。どうしたの」

問いにはこたえず、律子がドアを開けた。目で入れと促す。目礼を返し、銀治は部屋のなかに踏み入った。

白い壁紙、窓に沿うように置かれたシングルベッド。ベッドの背にもたれかかるように陽子が半身を起こしていた。覚悟はしていたとはいえ、陽子のそのすがたに銀治は衝撃を受ける。

もともとはふっくらした体型だったが、いまは見る影もなく痩せ細り、パジャマから伸びる二の腕は、少しのちからを加えただけでぽきんと折れそうだ。青白い顔は頬骨が浮き出るほど肉がそげ、髪もつやを失って縺れ、縮れていた。

陽子。なんでおまえがこんなことに。銀治は胸が張り裂けんばかりに痛むのを感じる。代われるものなら代わってやりたい。陽子の苦しみ、痛み、恐怖——ぜんぶおれが引き受けたい。まだ若い、これからという人生の陽子になぜこんな試練が。神さま、もしいるのなら陽子をお助けください。おれはどうなってもいい、だから、どうか、どうか——銀治は奥歯を嚙み締め、思わず天を仰ぐ。

陽子がゆっくりとこちらを向いた。

「……陽子……」

思わずくちびるから声が漏れ出た。陽子が不思議そうに眉をひそめる。ついで表情が凍りついていき、眉間に深い皺が寄った。瞳に暗い光が宿る。

「……どうしてここに……」

「母さんが教えてくれたんだ、それで」

陽子がきついまなざしで律子を見やる。

「なんでこのひとに話したの。あれほど教えないでと言ったのに」

「ごめん、陽子。お母さんも迷ったんだけど……離れて暮らしていてもやっぱりあなたの実の父親なんだし」

「あたし、このひとのこと父親だなんて思ってないよ！」

陽子が叫んだ。律子が、びくり、からだを震わせる。

心臓が跳ね回るのを止めない。額に冷たい汗がにじむ。落ち着け、落ち着くんだ。銀治はおのれに言い聞かせる。

「すまなかった陽子。確かにおれはひどい父親だった。でもだからこそ」

「ひどい父親？」

陽子の声に嘲りが混じる。

「父親らしいこと、なにひとつしてこなかったくせに」

「わかってる、わかってるよ」

「わかってない！」

ふたたび陽子が叫んだ。やせ細ったからだのどこからそんな声が出せるのかと思うほどのちから強い声だった。

「あなた、ふたことめには『仕事、仕事』といって、家のことなにもせずにぜんぶお母さんに押し付けて来たよね。あたしにもなにひとつ関わろうとしなかった。お母さんがお祖母ちゃんに虐《いじ》められてるときも、見てみぬふりをしてきた。お母さんがどれだけ苦しんでいたか、苦労してきたか……なにも知らないくせに」

陽子の放つひと言ひとことが銀治の胸を抉る。

「もういいの。昔の話だし」

律子がなだめるように告げる。陽子が激しく首を振った。

「よくない。全然よくない！」

「悪かったと思っている。確かにあのころのおれは家庭から逃げていたかもしれない」

「『かもしれない』じゃない、逃げていたの。じぶんさえよければと思って、それで」

「違う、おれなりに必死だったんだ。家族を支えなければという思いで」

「確かに稼いではくれたね。だからあたしも大学まで出られた。でも稼げば許されるってものじゃないでしょう？」

銀治はくちびるを嚙んだ。陽子が氷のような冷たい視線を銀治に投げる。

「……あたしのいちばん古い記憶、なんだかわかる？」

視線を受け止めきれず、下を向いたまま銀治は首を振った。陽子が低い声でつづける。

「たしか幼稚園の年中のとき。秋に、劇の発表会があった。お母さんが観に来てくれる予定で、あたしははりきって毎日練習してた。でもお母さんがひどい風邪をひいちゃって、代わりにあなたが来ることになった。でも……あなたは来なかった。あとから『どうしても抜けられない仕事が入ったんだ。仕方ない』って軽い口調で言ったね」

そんなことがあったか。銀治は必死に記憶を辿るが、まったく思いだせない。

「幼稚園のみんなはお母さんやお父さんに囲まれて、嬉しそうに笑ってた。あたしひとり……あたしひとりだけ家族の誰も来てくれなくて。……淋しくて悔しくて、ホールの隅でうさぎのお面をかぶって、ぼろぼろぼろぼろぼろ泣いた。……それがあたしの最初の記憶……」

陽子が遠い目をした。銀治はたまらず頭を下げる。

「ほんとうにすまなかった。謝って済むことじゃないのはわかってる。でもいまのおれにできるのは謝ることぐらいで」

「……謝る？　だれのために？」

「それはもちろんおまえと母さんに」

「違う！」

尖った刃《やいば》のようなことばが空間を切り裂く。

「あなたがあたしたちに謝るのは、結局はじぶんのためよ。あたしが死ぬ前に謝って許してもらおう、そうでないとじぶんが辛いからっていうエゴのため。あたしたちのことなんて、なにひとつ考えちゃいないのよ！」

じぶんのため？　じぶんが救われたいからおれは謝っているのか？　頭が真っ白になる。思考が縺れたまま停止する。

「陽子。いくらなんでもそれは」

律子が横合いから割って入る。

「……ねえ。最後にひとつ頼みを聞いてくれない？　あたしの最後のお願い」

しんと冷えた声で陽子が話す。とまどいながらも銀治は頷く。

「え、ああ、それはもちろん」

「――帰って。そしてもう二度と会いに来ないで。あなたの顔なんて見たくもない」

陽子のことばが矢のように銀治の全身を貫く。その痛みで動くことができない。

「出て行かないの？　あなたが行かないならあたしがこの家を出る」

骨ばった手をベッドマットにつき、陽子がからだを浮かせる。

「陽子」

律子が陽子のもとに駆け寄った。

「……わかった。出て行くよ」

上擦った声でこたえ、銀治は後ずさってドアを開け、部屋の外に出た。

ばたん。ドアが閉まる。

たった一枚の薄いドアで隔てられているだけなのに、何十メートルも、いや何百メートルも
遠くに銀治は陽子を感じる。

ピアノの軽やかなメロディが流れて来る。「三時のおやつ」の曲だ。その音に合わせて、階上の一歳児のクラスから鈴の鳴るような歌声が降りて来た。

もう三時か。そろそろぞう組に戻らなくては。膝を抱え、うずくまった姿勢で銀治は考える。陽子と会ってから三日、やつれはてた陽子のすがた、そして投げつけられたことばや気持ちを受け止めきれず、銀治のこころはぐらりぐらり、揺れつづけている。園で仕事をしていてもつねに頭のなかには陽子がおり、そのため失敗ばかりしていた。今日もアレルギーを持つ子どもの机をうっかりほかの子と共用の台拭きで拭いてしまい、

「もし発作が出たらどうするんですか」と克代に叱られた。

銀治が暗い、闇のなかでもがいているのと反対に、大翔が元気にまた登園するようになってから克代はすっかりもとのしっかり者の克代に戻った。大翔のことは銀治も素直に嬉しい。大翔が向けてくれる信頼しきった笑顔は、真っ暗闇のなかで灯るほのかな光のようだ。

それでもなお、銀治のこころは晴れない。気づくとぼうっと陽子のことを考えてしまう。考えるたびにこころはきりきりと痛み、胃がねじ切れるような感覚を味わう。

今日も弁当を食べたあと、スタッフでにぎやかな職員室に居残る気持ちにはとうていなれず、ここ、階段のなか、空洞を利用した教材室にひとりこもっていた。

二畳ほどのせまい教材室は空気が淀み、むしむしとした暑さと湿気に満ちている。すき間なく置かれた棚やプラスチックのケースには色画用紙やりぼん、すずらんテープに折り紙など備品がぎっしり詰まっており、大柄な銀治は全身を竦めるようにしてわずかなすき間に身を置いていた。

だがそろそろ時間が来たようだ。立ち上がり、ドアノブに手をかける。と同時に外からドアが引き開けられ、

「うわ、びっくりした。銀治先生、なんでこんなところにいるんですか」

うわずったひとみの声が響いた。

「あ、いや、ちょっと探しものをしていて」

「探しもの？　休憩中に？」

「あ、ああ、まあ、うん」

「なにを探してるんですか？　いっしょに探しますよ」

「いや、あの、それは……」

まっすぐにこちらを見つめるひとみの視線を銀治は受け止めきれない。数秒、迷ったのちにほんとうのことを話そうと決心する。

「……ちょっとひとりになりたくてね」

「ひとりに？　こんな暗くて狭いところで？」

「うん、まあ」

「なにかあったんですか、銀治先生」

「じつは……会って来たんだ、娘に」

「例の……ご病気の？」

ひとみが目を見開く。銀治は無言で頷いた。

「それで……？」

「……ああ、会うには会えたんだが」

とんとんとん。階段を降りてくる足音が聞こえる。聞かれてはまずいと思ったのか、ひとみがただでさえ狭い教材室にするりと入り込み、ドアを閉めた。おでことおでこがくっつきそうなくらい近くまでひとみがからだを寄せる。シャンプーの香りだろうか、ほのかな甘い匂いが満ちる。こんな近くに女性とふたりきりなぞ、律子との新婚時代以来なかったことだ。銀治はなんとか距離を取ろうと、無理やりからだを色画用紙の棚のあいだに入れ込んだ。

「会えたけれど、どうでした？」

「……面変わりするほど痩せて、見るからに辛そうでね……」

銀治は陽子のすがたを思い浮かべる。

陽子、なぜおまえがこんなことに。おれはもうじゅうぶん生きた。おれの命を代わりにできるものなら、陽子の人生と代わってやりたい。

「……若いかたは体力があるから、よけいにしんどいと聞いたことがあります……お嬢さん……さぞお辛いでしょうね」

床に視線を落としたひとみがつぶやく。

「……しかも『二度と来るな、おまえの顔なんか見たくない』と言われてしまってね」

「そうでしたか……」

「覚悟はしていたけれど……やっぱりショックで……」

ひとみが無言で頷く。

「ああ、そこまで嫌われていたんだ、もう娘には会えないのかと思うと……」

銀治は目を瞑り、両手でごしごしと顔をこする。

「……せめて謝りたかったんだが……それも娘に『結局は許してもらいたいってじぶんのエゴのためだろう』とまで言われてさ……もう、どうしていいのか……」

深くおおきな息を吐き出した。けれどもこころに蹲《うずくま》る巨大でまっくろな獣のような不安や悲しみが消えていくことはない。いや反対に思い返すたび、獣はよりいっそうおおきくなり、鋭い牙を剝《む》く。

ひとみがうつむいたままくちびるを嚙んでいる。どうこたえたらいいのか困っているのだろう。銀治は無理やり明るい声を出す。

「ごめん、ごめん。つまらないこと聞かせちゃったね。さあ教室に戻ろう」

「手紙を書いてみたらどうでしょうか」

顔を上げたひとみがはりのある声で告げる。

「は？」

「手紙。娘さんに。直接会えなくても手紙なら銀治先生の気持ち、伝えられるんじゃないかな」

「いや、でも書いたって、どうせ読まずに捨てられるだけで」

「だから毎日。書きつづけるんです、とにかく」

「毎日？」

「ええ。少しでも誠意を伝えるために」

「しかし手紙なんてまともに書いたことないし、だいたい書くべきことも」

「べつにたいそうなこと書かなくてもいいんじゃないですか。保育園で働いてること、子どもたちとのやりとり、今日あったあれこれ……手紙というより日記かな。娘さんあてに書く日記」

薄暗い教材室、わずかな光を受けてひとみの両の目がきらきらと輝く。

「……手紙、か……」

ひとみがおおきく頷く。

「なにもせず時間が過ぎていくのを待つよりは、よっぽどいいと思うんです。娘さんのためにも銀治先生のためにも」

確かにたとえ直接は会えなくとも、手紙を書くことでつながりが生まれるかもしれない。たとえそれがどんなに細くもろいつながりでも、なにもないよりは——

銀治は勇気を出して、触れそうなほど近くにあるひとみの目を見つめる。

「ひとみ先生の言うとおりかもしれん。書いてみるよ、手紙。たしかになにもしないよりはずっといい。ありがとうひとみ先生」

「いえいえ。ただの思いつきですよ」

ひとみが胸の前でちいさく手を振る。

うさぎ、きりん、ぞう組の教室から『おやつのうた』が聞こえて来た。

「あ、おやつ始まりますね」

「ああ。教室に戻るよ」

「わたしもクレヨン出したらすぐに行きます」

「じゃあお先に」

ひとみがからだを捻って銀治の通り道を作る。

手紙、か。上手く書けるだろうか。届いたとして、陽子は読んでくれるだろうか。そのままごみとして捨てられやしまいか。でも——

銀治は廊下に出て、思いきりのびをした。

やるだけやってみよう。どんなにささいなことでも。いまのおれにできることを——

ぞう組の教室から、かちゃかちゃという食器の触れ合う音が響いてくる。今日のおやつはなんだったかな。銀治は教室に向け、一歩足を踏み出した。


十月、十一月、そして十二月。

秋は駆け足で過ぎ去り、本格的な冬が始まった。

克代たちのがんばりもあり、さいわい大翔もおおきな騒動を起こすことなく毎日を過ごしている。もちろん大小の癇癪は起こす。だがそのつど大翔を別室に連れて行ったり、反対にほかの子どもたちを園庭に誘導するなどして衝突が起きないように三人とも気を配った。

ひとみに言われて始めた手紙も毎日書きつづけることができていた。

最初こそ慣れない「手紙を書く」という行動に戸惑ってしまい、ほんの数行だったり、書き上げるのに五時間もかかってしまったりしていたが、毎日つづけるうちになんとなくではあるがコツを摑めるようになり、さいきんでは手紙を書くのがひそかな楽しみになってきている。

たまたま入った蕎麦《そば》屋が美味かった。急な雨に降られびしょぬれになってしまった。二歳児クラスの子がまわらぬ舌で初めて「ぎんじしぇんしぇい」と言ってくれた――取るに足りない、まるで小学生の作文のような手紙であったが、目の前の陽子に語りかける気持ちでつづっていた。

陽子、お父さんの今日はこんな一日だったよ。陽子、おまえはどうだい。すこしでもからだが楽であるといいのだが。陽子、今日な、園児がおれの顔を描いてくれたんだよ。よく特徴を摑んでいて思わず感心してしまったよ。同封するので見て欲しいな――

予想していたとおり、返事は来ない。そもそも陽子が読んでくれているのかどうかもわからない。いや、封さえ切らず、ごみ箱に直行している可能性が高い。それでも、それでも――銀治は書きつづけた。毎日欠かさず書きつづけた。

やがて十二月も後半になり、二十三日、園をあげてのクリスマス会を開く特別な一日を迎えた。

「完璧です。完璧すぎます」

「どう見てもサンタ本人にしかみえません」

「そうだろうか？」

銀治はテープであごに張りつけたまっしろなひげを撫でた。克代とひとみが揃って頷く。

雑貨店で購入した真っ赤なサンタの衣装をつけ、赤い帽子をかぶり、子どもたちに配るプレゼントの入った白い布袋を背負ったわれとわが身を銀治は職員室に置かれた鏡に映す。

確かに似ているかもしれない。いや街中をこのかっこうで歩いたらほんとうにフィンランドから来日したと思われるかもしれん。

「めだかさん、あひるさん、りす組さん、みんなホールに移動しました。そろそろお願いします」

一歳児あひる組の担任が銀治を呼びに来た。

「銀治先生、がんばって！」

克代が、ぱぁんと背中を叩いた。よしがんばるぞ。完璧なサンタクロースを演じてみせる。

銀治は気合いを入れてから、職員室をあとにした。


三十分後。

意気消沈した銀治は、背中を丸めて職員室の椅子に座っていた。

「銀治先生、そろそろ年長児のクリスマス会に……ってどうしました？」

入り口から顔を覗かせたひとみが小首を傾げる。

「受けなかったんですか、サンタさん」

「受けるどころか……」

銀治は重い息をはく。

ホールに集められたゼロ歳から二歳児までの乳児約四十名の前にサンタに扮《ふん》した銀治があらわれるやいなや、ほぼ全員が泣き出してしまったのだ。

「泣かれちゃいましたか。あー……ちびちゃんたちにはちょっと刺激が強すぎましたかね」

「おれが近づこうものならみんな泣いて喚いて……あひる組やりす組の子たちは部屋のすみにかたまってぶるぶる震えてるんだよ。こう目をかっと見開いて凝視されてさ。おかげでサンタというより殺人鬼のような気分になったよ。子どもたちのトラウマにならないといいんだが……」

「だいじょうぶですよ。さ、次行きましょう、次」

ひとみが銀治の赤い筒袖を引っ張る。

「やだなあ、また泣かれるんじゃないか」

「三歳以上の子どもですもん、泣きはしませんよ。むしろ大歓迎されますって」

「そうだろうか」

「大事なのは笑顔。銀治先生地顔が怖すぎるんだから、とにかく笑って、口角上げていきましょう」

悪かったな、地顔が怖くて。だがそれはべつにおれのせいじゃないぞ。だいたい『男性職員は先生しかいないんだから』と言ってサンタ役を押し付けたのはそっちじゃないか。

　こころのなかで文句を言いながら、銀治はひとみのあとについて廊下を歩く。ホールの前までくると、園児たちの笑い声や話し声がにぎやかに聞こえて来た。

「いいですか。わたしがドアを開けたら『メリークリスマス！』って言って入って来てくださいね」

「メリークリスマス」

「声がちいさい！」

「メリークリスマス！」

「もっと笑顔で！」

「メリークリスマス！」

　なかばやけくそで銀治は叫ぶ。

「そう、そのくらい元気よくお願いします。じゃ」

　ひとみが、がらり、ドアを開けてホールに入ってゆく。子どもたちに見つからないよう、死角になるあたりまで銀治は後退する。

「みんなーお待たせしました！　なんと！　ふたば保育園にサンタさんが来てくれたよ！」

　ひとみの呼びかけに、子どもたちが歓声を上げる。

「さん、にい、いちで『サンタさーん！』って呼びましょう。いいですか。はい、では、三、二、一！『サンタさーん』！」

扉が開いた。銀治はこわばる頬をなんとか緩ませて右手を振った。

「ふたば保育園のみんな、メリークリスマス！　プレゼントを届けに来たよ」

「サンタさんだ、サンタさんだ！」

「やったぁプレゼント！」

「銀治先生サンタだ！」

そこかしこから興奮しきった声が上がる。

会場となったホールには、折り紙で作られた金銀の星が吊り下げられ、壁には保育士たちが描いたサンタやトナカイの絵が貼ってある。隅にはおとなの背丈ほどあるおおきなクリスマスツリー。プレゼントを模したオーナメントやぴかぴか光る電球で彩られ、ツリーのてっぺんには十五センチほどの金色の星が刺さっている。

五歳児ぞう組の子どもたちはさすがに銀治が扮していることを理解し、嬉しそうに声をかけてくるが、三歳四歳の子たちはほんとうにサンタが来たと信じ切っているようすだ。年長の子どもたちというだけあって泣きだす子はいない。銀治はほっと胸を撫でおろし、ホールを見渡した。

紋太が頬を赤くして手を叩いている。目をまんまるに見開いた舞がじっとこちらを見つめてくる。大翔はというと克代の横でぴょんぴょん飛び跳ねていた。

「じゃあみんな、サンタさんにお歌を聞かせてあげましょう。準備はいいかな」

「はーい！」

ひとみが視線をピアノの前に座るきりん組の担任に送った。担任はひとつ頷くとメロディを奏で始める。曲は『赤鼻のトナカイ』だ。

子どもたちが元気よく歌いだす。克代が銀治に向かって両手をひらひらと揺らした。

踊れということか。この格好で踊れと。ああ恥ずかしい。だがこれも仕事だ、やらねばならない。

観念した銀治はやむなくからだを揺らせ、ぎこちなく右に左にとステップを踏む。

こんなおれのすがたを見たら陽子と律子はさぞ驚くだろうな。そうだ今日の手紙にはこのことを書こう。あれやこれやと考えるうちに曲が終わった。

「じゃあさっそくサンタさんにプレゼントを配ってもらいましょう。まずうさぎ組さんから、そのあときりん組さん、最後はぞう組さんですよ」

子どもたちがクラスごとに列を作る。ひとりひとりの頭を撫でながら文具セットの入った赤い袋を銀治は手渡していく。

うさぎときりんが終わり、ぞう組の番になった。最初のひとりは大翔だ。あのポニーの一件以来、なにかあるときは大翔を必ず最初にすることを担任たちで決めていた。

「メリークリスマス、大翔くん」

「ありがと、サンタさん！」

どうやら大翔はほんもののサンタと思い込んでいるらしい。顔じゅうにこれでもかと笑みを浮かべた大翔を見て、銀治の胸にあたたかいものが広がってゆく。

ぞう組十五人すべてにプレゼントを渡し終え、クリスマス会は終盤となった。

「みんなプレゼントをもらえてよかったね。お礼にサンタさんにお歌を歌いましょう」

ピアノが鳴り響きだす。曲は「ジングルベル」だ。子どもたちが澄んだ声で合唱する。

プレゼントをもらい、興奮が最高潮に達したためだろうか、ちいさな諍《いさか》いが起こる。

「しょうへいくん、やめて、それゆりなのプレゼント！」

うさぎ組の男の子が隣にいた女の子の赤い袋を引っ張った。ふたりのいちばん近くにいた克代が仲裁に入ろうと大翔のそばを離れる。まるでそのときを待っていたかのように、大翔がくるくると勢いよくその場で回りだした。まるで独楽《こま》のようだ。

危ない。とっさに銀治は大翔の近くに行こうと思うも、子どもたちの輪が壁となり、動くことができない。

「ひろくん、危ないからじっとして」

「止まって、ひろくん」

克代とひとみが声を上げるのとほぼ同時に、目を回した大翔が横で歌う蓮にぶつかった。あ、と思う間もなく、バランスを崩した蓮が大翔にもたれかかるように後ろへと転ぶ。

「ああっ」

蓮が悲鳴を上げた。ふたりは折り重なっておおきなツリーに倒れ込んだ。ふたりの重みを受けたツリーが派手な音を立てて倒れる。

「大翔くん、蓮くん！」

ひとみが駆け寄る。ピアノが止まる。子どもたちが目をまんまるにしてことの成り行きを見守っている。

「だいじょうぶか！」

銀治も子どもをかき分け、大翔と蓮のもとへ駆け寄った。ひとみと一緒にまずうえになった蓮、それから下敷きとなったかたちの大翔を引き起こす。

「大翔くん、血が！」

ひとみが上擦った声を上げる。金属製のおおきな星のオーナメントが大翔の後頭部に刺さっている。最初きょとんとしていた大翔が首すじに流れてくる真っ赤な血を見て火が付いたように泣き出した。

「だいじょうぶ、だいじょうぶだから大翔くん」

大声で泣き喚く大翔を押さえ、銀治は星を引き抜いた。さいわい深く刺さってはいなかったようで、星はすぐに取れた。だが星が刺さっていた箇所からたらたらと血が流れつづけている。なにか傷を押さえるものは。銀治はとっさに帽子を脱ぎ、大翔の傷口に押し当てた。白い縁取りが赤く染まってゆく。

とつぜんのことにざわめく子どもたちを、それぞれのクラスの担任がなだめ、落ち着かせようと努力する。

「蓮くんは？　どこか痛いところはない？」

駆けつけた克代の問いかけに、青白い顔をした蓮が小刻みに頷いた。

「いちおうふたりとも保健の先生に見てもらいましょう。先生たち、すみません、あとよろしくお願いします」

「大翔くん、だいじょうぶ？　歩ける？」

真っ青な顔の蓮と、甲高い声で悲鳴を上げつづける大翔の手を引いて克代とひとみがドアへと向かう。

「わたしも行きますよ」

銀治は袋を投げ捨てて、声をかけた。

「いえ銀治先生はほかの子たちを見てください。さ、行こう蓮くん、大翔くん」

大翔の泣き叫ぶ声がじょじょに遠ざかっていく。

どうしよう、また事故が起こってしまった。でも今度怪我したのは蓮ではなく大翔だ。ああ、いや、大翔だからいいというわけではなく。こういう場合あの『念書』はどうなるのだろう。いやいまはそんなことを気にしている場合では。思考がぐるぐると空廻りし始める。

「銀治先生、大翔くんだいじょうぶかな」

舞が不安そうな顔で銀治を見上げる。

「だいじょうぶだよ、絆創膏《ばんそうこう》を貼ればすぐ治るさ」

銀治は浮かんでくるさまざまな思考を無理やり止めて、舞に向かって笑顔を作ってみせた。

三日後の午後。昼寝をしているぞう組の子どもたちの見守りをヘルプの保育士に任せて、篠原園長、克代、ひとみ、そして銀治の四人は二階にある相談室に集まっていた。相談室は八畳ほどの小部屋だ。長細い机を囲むように並べられた椅子のうち、空きはあと二脚。今日はこれから蓮の母親である池田と、大翔の母掛川を交えた六人で先日の事故について話し合うことになっている。

銀治はちらりと窓の外を見る。厚い雨雲の下、針のような小雨が降りしきり、まだ二時前だというのに薄暗く、肌寒い。

掛川は来るだろうか。蓮の母親はなんと言いだすだろう。話し合いが穏便に済めばいいのだが。銀治の胸にさまざまな思いが去来する。

さいわい大翔の怪我は軽傷で、運びこまれた小児科で消毒をし、絆創膏を貼ってもらうだけで済んだ。蓮はまったくの無傷。とりあえずは大事には至らなかったと銀治はじめ皆、ほっとした。

とはいえ事故は事故。このような場合、当事者どうしの話し合いが必要とされるとふたたび保育園では決められている。

「年の瀬であわただしいけれど、この事故については年内に話し合うべき」との篠原園長の決断により、今日の午後二時から話し合いの場がもたれた。

「いったいどんななりゆきになるんでしょうか……」

膝のうえで固く組んだ指を見下ろしながらひとみがぽつりとつぶやいた。

「子どもたちは悪くない。安全であるべき保育園で子どもに怪我をさせてしまったことについては、すべてわたしたち保育者の責任です。まずそれをしっかりと伝えましょう」

まっすぐ前を向いた篠原園長がこたえる。

「はい……」

ひとみが細い声を出す。隣に座る克代は以前のように消耗しきった顔をしていた。目が虚《うつ》ろで、視線にちからがない。

せっかく元気になったのにな。克代先生もかわいそうに。ちらりと克代を見やってから銀治はふぅ、ため息をつく。

ノックの音とともに「失礼します」、年配の保育士が顔を出した。

「池田さん、掛川さんがお見えです」言い、ドアを広く開け、後ろに視線を送る。

「失礼します」

昂然《こうぜん》と顔を上げた、蓮の母である池田がまずさきに入って来、つづいて、

「……お邪魔いたします」背を丸め、うつむいた姿勢で大翔の母、掛川が相談室に入って来た。

立ち上がって四人は迎える。

「雨のなかわざわざおいでいただきありがとうございます。どうぞこちらにおかけください」

篠原園長が手で椅子をしめす。頷いた池田が奥へと入り、その横に掛川が着いた。

「雨、まだけっこう降っていますか」

「ええ。冷たい雨で。傘を持つ手がかじかむくらいで」

池田が両手をこすり合わせた。

「お迎えの時間までに止めばいいんですけれども」

池田が頷いた。掛川は会話にまったく反応をしめさず、じっと長机の一点を見つめている。

ふたりを交互に見た篠原園長が口火を切る。

「今日はお忙しいなか、お時間を作ってくださってありがとうございました。まず」

「あ、その前にいいですか」

池田が園長のことばを遮り、手にしていた紙袋を掛川の前に置いた。

「このたびは息子、蓮のせいで大翔くんにお怪我をさせてしまってほんとうに申し訳ありませんでした。これ、つまらないものですが」

「いえそんな、いただくわけには」

掛川が手を横に振る。

「ほんの気持ちですので。たいしたものじゃありませんし」

池田が隣に座る掛川の前へと紙袋を滑らせた。掛川が背を反らすようにして紙袋から距離を取る。

「でも」

「掛川さん、せっかくのお心遣いですし、お納めいただいたほうがよいかと思いますよ」

園長の口添えに、数秒迷ったすえ掛川がかすかに頷いた。

「……では……ありがたく……」

紙袋を引き寄せ、じぶんの座る椅子の背においた。見届けてから園長が口を開く。

「よろしいでしょうか。ではまず今回の事故について、現場におりました克代先生からくわしくご報告したいと思います。克代先生」

「はい……」

克代があらかじめ用意したレジュメに目を落とす。こほっ。ちいさな咳をひとつしてから話し始める。

「ではクリスマス会においての事故について詳しくご説明いたします。まずその場にいたのは、ぞう組担任であるわたくしと、ひとみ先生、保育補助の銀治先生、それにきりん組うさぎ組の担任の計五名でした。会の序盤、サンタに扮した銀治先生がホールに入り、みんなで『赤鼻のトナカイ』を歌いました。そのあと年少のうさぎ組の子たちからプレゼントを配り始めます。このあたりから子どもたちの興奮が高まり始めました」

軽く頷きながら、池田は配られたレジュメにペンを滑らせている。掛川はぼんやりとした顔で篠原園長を見ていた。

「配り終わったあと、サンタさんへのお礼もこめて、今度は『ジングルベル』を歌いました。その歌の途中、大翔くんが嬉しさのあまりか行動が激しくなっていき、その場でくるくると回り始めました。もちろん制止したのですが回転は止まず、目を回した状態の大翔くんが横でお歌を歌っていた蓮くんにぶつかってしまいました」

そこまで話し、一度間を置き、一同をぐるり、みまわした。

「それで？」

レジュメをペンでつつきながら池田が先をうながす。ふたたび克代がレジュメを目で追う。

「ぶつかった衝撃で蓮くんが体勢を崩し、そのまま大翔くんを巻き込んで後ろに倒れ込みます。運の悪いことにそこに一メートル六十センチほどのクリスマスツリーが立っており、ふたりは大翔くんを下にした状態でツリーにぶつかり、ツリーもろとも倒れてしまいました。そのさい、金属製の星のオーナメントが大翔くんの右耳の横に刺さりました。保育者がすぐに駆け付けオーナメントを抜き、ふたりを助け起こし、怪我の確認をしました。さいわい蓮くんは無傷で、大翔くんは出血していたため保健室で応急処置を受け、その後お母さまに電話で連絡をしたのちに園医である小児科のお医者さまに診ていただきました。『頭部の検査をするほどではない』という診断をいただき、大翔くんはそのままお母さまとお帰りになりました。いっぽう蓮くんも動揺していたものですから、お母さまに連絡し、その日は早めにお迎えに来ていただきました。そのさいはご協力いただきましてほんとうにありがとうございました」

克代が頭を下げる。残りの三人もそれに倣った。場がおちつくのを待って、篠原園長が切りだした。

「以上が今回の事故のあらましでございます。事故の起こったさいに責任者である園長のわたくしがその場におりませんでしたこと、ほんとうに申し訳なく思っております。また園内でこのような事故が起こってしまったのは、すべてわたくしたち保育者の未熟さに原因がございます。お子さまたちにはなんの落ち度もございません。どうかその点をご理解いただき、お許しいただければと願っております。申し訳ありませんでした」

「ほんとうに申し訳ございません」

園長につづいて克代が頭を下げる。ひとみと銀治も首を垂れた。

宿泊保育での落馬事故、あのときもこうやって頭を下げたな。ゆっくり頭を上げながら銀治は思う。しかし今回はこのあいだとは真逆だ。怪我をしたのは大翔、そしてさせてしまったのが蓮。このまますんなりとことが運ぶだろうか。一抹の不安が胸に兆す。

「あの、ちょっといいですか」

池田が低い声を出した。

「はい、なんでしょうか」

園長がこたえる。池田が園長をまっすぐに見つめた。

「今回のこと、わざとではなくてもうちの蓮が大翔くんに怪我をさせてしまったことはほんとうに申し訳なく思っています。ただし蓮も……蓮は繊細なたちですので、この事故ですっかりこころを痛め、元気をなくし、ご飯もあまり喉を通っていません。それくらいショックがおおきかったのだと思います」

「それに関してはわたくしどもとしてもほんとうに」

「確かにね、怪我をしたのは大翔くんかもしれません。でもね、うちの蓮もからだこそ無傷でしたけど、こころのなかではそうとう傷ついているんです。そういう意味では蓮も立派な被害者なんです」

それはちょっと大げさなんじゃないか。銀治は首を捻る。確かに大翔を心配そうに見つめているこ とは多い。けれど給食はちゃんと食べているし、遊びにも積極的に参加している。

篠原園長が目を伏せた。

「お母さまのおっしゃるとおりです。必要なら市のカウンセラーを」

池田が右手を上げ、園長のことばをさえぎる。

「その前に、わたしがはっきりさせておきたいのは『大翔くんさえ暴れなければあんなことにはならなかった』この一点なんです。大翔くんは怪我をせず、うちの蓮も傷つくことはなかった。先生がたの責任はもちろんあると思いますよ。でもねその前に、やっぱり元凶は大翔くんの常軌を逸した行動にあるんじゃないでしょうか」

「……元凶って」

聞こえるか聞こえないかぎりぎりの声で掛川がつぶやく。つぶやきは池田には聞こえなかったらしい。声のトーンが一段、上がる。

「つまりはですよ、蓮が一方的に悪いわけではなくて、大翔くんにも責任があるということなんです。そのあたり、大翔くんにもお母さまにもきっちり認識してもらって、謝罪をしていただきたいんです、わたしとしては」

「はあ……」

困惑した顔で篠原園長が浅く頷く。

「それから例の『念書』。今回は見た目上、蓮が大翔くんに怪我させてしまっているので、まあ効力はないと思いますけれど、それもあくまで身体的なものだけであってね、精神的には蓮も傷ついているわけですから、大翔くんのお母さまにはいままで以上に『念書』の存在を強くとらえていただき、もう二度とこのようなことが起きないよう、大翔くんには家庭でしっかりしつけと教育をしてもらって、それで」

「わかりました」

話しつづける池田を、低くはあるが、断固とした調子で掛川が止める。銀治はその声に驚いて視線を池田から掛川に移す。すうぅ。掛川がおおきく息を吸った。

「……すべてうちの子の、大翔のせいだとおっしゃりたいんですね。もういい、もうたくさんです」

掛川がまっすぐに池田を見つめた。

「……蓮くんをあのような事故に巻き込んでしまい、大変申し訳ありませんでした。謝罪いたします」

掛川のことばはまるで台本に書かれたせりふを棒読みしているかのようで、感情がいっさい欠けていた。さすがの池田もそんな掛川をぼうぜんと見つめる。掛川が昂然と背すじを伸ばした。

「……これでいいんでしょう。話し合いは終わりですよね。だったらわたし失礼します」

掛川が勢いよく立ち上がる。青ざめ、引き攣った顔でその場のみなを見回す。

「こんなところ二度と来たくないし、大翔にも来させたくない。あなたたちの顔なんて見たくもないわ！」

叫ぶや、池田に渡された紙袋を思いきり壁に投げつけた。中身の砕ける派手な音が響く。

「ひっ」

「わわ」

池田とひとみが悲鳴をあげた。掛川がトートバッグを摑んでドアへと歩いていく。

「か、掛川さん、あの」

「失礼します」

ばぁん。園長の声を跳ね返すように、掛川が勢いよくドアを閉めた。足音が遠ざかってゆく。

残された五人はことばもなく、閉められたドアを見つめる。

最初に正気づいたのは篠原園長だった。

「克代先生、ひとみ先生、追いかけてはやく！」

「はい」

よろよろとふたりが立ち上がり、部屋を出ていく。

こんな掛川は初めて見た。二度と来たくないというのは本心だろうか。だとしたら大翔はどうなるのだ。

銀治の胸にさまざまな思いが押し寄せる。

「……な、なによなによなによ。これじゃあまるでわたしが悪いみたいじゃない。なんなのよ親子揃って」

池田が割れた声で叫ぶ。だがその声はどこか遠い、知らない国のことばのように銀治の脳裏を虚《むな》しく通り過ぎてゆく。

翌日からふたたび大翔は登園しなくなった。おもに克代が電話で連絡を取ろうとしているがつながらないようで、掛川との話はできないままでいた。

その状態のまま年は暮れ――新しい一年が始まった。けれども大翔が登園することはなかった。どうしたらいいのだろう。なにか大翔にしてあげられることはないのだろうか。子どもの相手をしている昼間も、ひとりきりで過ごす長い夜も、銀治はおのれに問いかけつづける。だがこたえは見つからない。

そんななかにあっても、銀治は手紙を書くことを止めはしなかった。なるたけ明るいできごとを見つけては、目の前にいる陽子に語りかけるように綴《つづ》ってゆく。

「陽子が入院した」と律子から電話があったのは、そんな惑いのなか、一月も半ばを過ぎたころだった。

303号室、303号室はどこだ。

電話のあった翌日、広くて迷路のような大学付属病院の廊下を、目を血走らせて銀治は駆け足で進んでいく。

「走らないでください」

すれ違いざま、点滴を運ぶ看護師に銀治は声をかけられた。

「すみません」

謝りはするものの、早鐘のように打ちつづける胸の動悸《どうき》に合わせるように、しぜんとまた足早になってしまう。

大学病院の入院棟は広いうえに複雑につながっていて、なかなかめあての病室に辿りつくことができない。なんども同じ廊下を行き来し、幾度めかの角を曲がったところで、少しさきに立つ細くて小柄なひとかげを見つけた。律子だ。

「律子！」

思わずおおきな声が出てしまう。うつむいていた律子が顔を上げ、軽く手を振った。おおまたで近づいていく。

「陽子は？　どうしてる？」

律子がくちびるの前でひとさし指を立てた。銀治は声量を落とす。

「ここか？　この部屋にいるのか」

「そう。いまは寝ているから静かについて来て」

律子がするりと病室に入る。銀治はあとにつづいた。

病室は四人部屋で、薄い青色のカーテンで仕切られている。向かって右側奥、窓際のカーテンの前まで律子がゆっくりと進んだ。カーテンをそっと開き、目線で銀治に「入れ」と促す。

銀治は巨体を屈めるようにしてカーテンのなかに滑り込む。ベッドで眠る陽子のすがたを見て銀治は衝撃を受ける。

腹が、まるで妊婦のように突き出ている。ふくらんだ腹部とは対照的に、かけ布団のうえに伸びる腕は以前会ったときよりさらに肉が落ち、まるで萎《しな》びた草の茎のようだ。腕だけではなく、顔や首も骨格が浮き出るほど肉が薄い。眼窩《がんか》は落ちくぼみ、閉じたまぶたには青い静脈が走っているのが見えた。

「……この腹は……」

銀治は喘《あえ》ぐように律子に問うた。

「……肝臓に転移してね。腹水がたまり始めたの。立つことも座ることも辛いと言って……かといってこうやって横になっていてもお腹が圧迫されて苦しいみたい。夜も眠れなくなってしまって、昨日、腹水を抜くために入院したのよ」

銀治の問いに淡々と律子がこたえる。

夜も眠れないくらい辛いのか。さぞ苦しかろう。かわいそうに、陽子。ああ、できるものなら、できるものならおれが代わってやりたい。銀治は両の拳を固く握りしめた。息を吐き、こころを無理やり落ち着かせる。感情をなるたけ抑えて律子の顔を見た。

「腹水を抜けばよくなるのか」

「急に全部抜くとかえってからだへのダメージがおおきいんですって。だから少しずつ抜いて、よぶんなものを取って、またお腹《なか》に戻す。しばらくはその繰り返しのようよ」

「そうか……」

律子が吐息をつき、両の指でまぶたを押さえた。隣に立つ律子を銀治はそっと見やる。不安、怖《おそ》れ、看病疲れ――たくさんの重圧がのしかかっているのだろう、律子もまた血色が悪く、まえに会ったときよりずいぶん痩せたように見える。そんな律子のすがたもまた、銀治のこころを揺さぶる。

おれひとりが陽子の病と距離を置いて、日々のうのうと暮らしている。食事をし、眠り、保育園では笑顔も見せている。そんなときもふたりは苦しんでいるんだ。一分一秒、安らぐことなく――銀治は鋭い刃がこころに刺さったような痛みを覚える。

もっとふたりに寄り添いたい。陽子に残された時間が少ないならなおのこと、そばにいて、少しでも苦しみを受け止めてやりたい。

でもそれは陽子の望むことだろうか。おれの顔を見ることで、かえって重圧をかけてしまいやしないか。

なにもできない。銀治はまぶたを固く閉じる。必死に病と闘っているたったひとりの娘を前にして、なんて無力で情けない父親なんだ、おれは。

銀治は気力をかき集め、口を開く。

「……すまないな、陽子のこと、すべて任せてしまって。おれにもなにかできることがあればいいんだが……」

陽子が弱々しく首を振る。しばし迷ったのち、銀治は問いかける。

「……手紙は……届いているだろうか」

「来てるわ、毎日まいにち」

「陽子は、読んでくれているのかな」

「わからない。いつも破いて捨ててあるから。でもたぶん読んでいないと思う。読んでいるすがたを見たことないし」

「そうか……」

銀治は失望を気取られまいと、なるたけふだんどおりの声を出した。視線をふたたび眠る陽子に戻す。

「こんなにお腹がおおきくなって……さぞ辛いだろうな」

「陽子はがんばり屋さんだからめったに愚痴は言わないけれど、ときどき唸り声や苦しそうな声が聞こえてきて……それがたまらないの」

律子の声がふるえる。陽子の苦しみは律子の苦しみでもある。もちろんじぶんにとっても――なぜ前途ある、まだ若い陽子が病に苦しまねばならないのだ。順番から言えばおれが死病に罹《かか》るべきなのに。苦しむ陽子を見ているより、じぶんが罹ったほうがよっぽどましだ。神さまはなんて残酷なのだろう――

「……代われるものなら代わってやりたい」

銀治のつぶやきに、律子が驚いたように振り向く。

「なんだ。なにか変なことを言ったか、おれ」

「え、だって……お父さん、八代さんはいつだってじぶんのことばかりで、家族のことなんてどうでもいいって感じだったから、だから」

「……そうだな。ずっとそんな感じで過ごして来た。あのころはどうしようもない夫で父親だったといまならよくわかるよ。ほんとうに律子と陽子にはすまないことをしてきたといまでは思っている」

「どうして、そんな、いまごろ」

律子が訝《いぶか》し気な声を出す。銀治は両の手で頬をごしごし擦った。

「……保育園で働きだしたからかな。園で掃除や洗濯、食器洗いみたいないままでやったことのなかった家事をやるようになって……ようやく大変さを思い知ったよ。それに子育ても……いかに重要で繊細なことなのか、いまさらながらよくわかった。ほんとうにだめな父親だったと痛感しているよ、いまでは」

「……遅いよ、いまごろになって……」

陽子がちいさな声でつぶやいた。

「陽子！」

「陽子ちゃん、起きてたの」

ふたり揃って陽子のうえに屈み込んだ。陽子がうっすら目を開ける。

「……さっき八代さんが来たときに……声がおおきいから目が覚めちゃった」

「す、すまない陽子」

銀治はからだを竦ませる。

「……今日は仕事じゃないの」

「ああ、土曜だからな。仕事は平日だけなんだ」

「そう」

なにか話題はないか、陽子の気持ちを和ませるような、そんな話題は。銀治は必死に頭を働かせる。浮かんでくるのは蓮や紋太たちの笑顔、そして「銀治先生」と呼びかけてくる澄んだ声だった。

「一月は保育園もなにかと行事が多くてな。年明けてすぐには」

「餅つきしたんでしょ。何十年かぶりに杵《きね》でお餅をついた」

「なんで知ってるんだ」

驚く銀治を陽子が細く開けた目で見つめる。

「……手紙に書いてあったじゃない。お餅をついたあと、子ども用にちいさく丸めて……それを何十個も作ったから肩が凝ったって」

「読んでくれてるのか、陽子！」

銀治の声が上擦る。陽子は目を閉じ、かすかに頷いた。

「……今年に入ってから、ね。横になってるだけでやることないし」

「ありがとう、嬉しいよ」

「でもべつに、それであなたを許したわけじゃないからね。勘違いしないで」

「……ああ、それは……わかっているつもりだ」

「大嫌いだから、いまでも。これまでされてきたこと、言われたこと、お母さんへの態度……

手紙くらいで帳消しになるなんて思わないで。あたし、けっして忘れないからね」

「……ああ」

銀治は肩を落としうつむいた。死が目の前に迫りつつあろうとも、陽子の気持ちは変わらないのだ。それだけ深く長く陽子を傷つけてきた。すべてじぶんに責任がある。仕方がない、たとえ親子であっても他人は他人だ。他人の気持ちを変えることなど簡単にできるわけがない――

無言の時間が流れた。陽子につけられた心電図の、ぴっぴっと鳴る機械音だけが病室に響く。律子が手を伸ばし、かけ布団の上から陽子の足をさする。銀治は、静かに動く律子の手を見るともなく見つめた。

どれくらい経ったろうか。陽子がふたたび目を開けた。首を傾け、銀治に視線をあてる。

「……ねえ八代さん」

「なんだい」

「……あたしだってこのまま八代さんを憎みながら死にたくはないの……でも……」

「でも？」

陽子の眉間に深い皺が寄る。銀治は唾をおおきく飲み込んだ。

「……どうしたらいいのか、わからないの……」

陽子の目頭に涙のつぶが浮かび上がる。つぶはふくらみを帯び、盛り上がって、目じりからつぅと流れた。

「陽子……」

律子が陽子の頬にハンカチをあてた。陽子がちいさく嗚咽《おえつ》する。

「すまない、すまなかった陽子」

銀治はことばを振り絞る。こたえず、陽子は静かに涙を流しつづける。かすかに上下する陽子の肩を、銀治はなすすべもなく見つめる。


会いに行ってから四日後、陽子が退院したと律子から知らされた。容態が回復したからではない。病院でできることがなくなったため、自宅に戻されたのらしかった。

見舞いに行きたい。でもじぶんが行ってもなにもできない。それどころかまた陽子の気持ちを掻き乱すだけで終わるのではないか。

銀治のこころはふたつの気持ちのあいだで揺れに揺れていた。

そうこうしているうちに一月も終わりに近づいた。大翔の登園はなく、銀治をはじめ克代もひとみもそして篠原園長も心配をしつづけているが、状況は変わらない。

また会いにいったほうがいいのだろうか。いや会いに行けば掛川の気持ちをよけい乱してしまうかもしれない。銀治は空いたままの大翔のロッカーを見つめて考え込む。

「銀治先生」

ふいに真横で名前を呼ばれ、銀治は驚く。

「な、なんでしょうか」

振り向いたさきには蓮の母、池田が立っていた。

「……大翔くん、今日もお休みだったんですね」

「ええ」

「もう一か月近くになりますね」

「そうですね」

「……大翔くんが登園しないのは、やっぱりわたしのせいでしょうか」

眼鏡ごしに池田が銀治を見上げる。

「いえ、それは。理由はなにも聞かされていないのでなんとも」

池田がうつむいてなにごとか考え込む。銀治は必死でかけるべきことばを探す。

「池田さんのせいだけではないと思いますよ。掛川さんには掛川さんなりの考えがあってのことでしょうから」

沈黙の間がふたりのあいだに落ちてくる。その間隙を突くように、子どもを迎えに来た保護者たちの笑い声や、子どもたちの走り回る音が聞こえてくる。

「ママ、帰ろうよ」

紋太とふざけていた蓮がやって来、池田の手を引っ張った。池田が口角をあげる。

「そうね、帰らなくちゃね。銀治先生、失礼します」

「バイバイ、銀治先生」

「バイバイ。気をつけて帰るんだぞ」

手を振りつづける蓮に向かい、銀治は笑顔を向ける。

なんとかして大翔に登園してもらえないものだろうか。三月半ばにはぞう組の卒園式が予定されていると聞いている。六年間通いつづけたふたば保育園だ。きっと大翔だって友だちと一緒に卒園したいと思っているに違いない。なんとかできないものか、なんとか――

陽子、そして大翔。

ふたつのおおきな問題を抱えたまま、なすすべもなく立ち竦む銀治のもとに、市役所の職員であり、紋太の父親である平岡啓介から連絡が入ったのは、一月最後の週の月曜日であった。

「失礼します」

声をかけてから、銀治は休憩室のドアを開けた。

久しぶりに訪れたシルバー人材センターは、銀治が勤めていたときと寸分変わらぬすがたでそこに在った。

来るのは半年ぶりか。なんだかもう懐かしいな。

銀治は部屋の真ん中に置かれた、角が欠け表面にたばこの焼け焦げが残る細長い事務机にそっと手を触れた。

「あー寒いさむい」

甲高い声がし、同時に部屋のドアが開く。この声は。銀治は振り返る。

「あれえ銀ちゃん。久しぶりだね、なにしてんのこんなとこで」

髪を短く刈り、日に焼けて真っ黒な顔をした竜平が目を丸くして立っていた。

「竜平さん、お久しぶりです」

「なによなによ、保育園クビになっちゃったの」

竜平の軽口に銀治は笑みを浮かべる。

「違いますよ。今日は平岡さんに呼ばれて」

「へえ、平岡ちゃんに」

「なんでも去年の出勤簿で、はんこ押してない日があったとかで」

「そうかそうか。で、どう？　保育園のほうは。上手くやってる？」

「上手くやれているかどうかはわかりませんけど、まあなんとか勤めてます」

「そりゃよかったよ。それにしても……」

竜平が腕を組み、銀治の顔をじっと見つめる。

「どうしました？　なんかおれの顔についてます？」

「顔、変わったな銀ちゃん」

しみじみとした声で竜平がこたえる。

「え、顔？」

「うん。前はなんていうか……なにごとにも興味がないっていうか、なにがどうなってもいいやっていう諦め、いや諦めじゃないか、関心がないって顔してた」

「いまは違いますか」

「ああ。なんていうか……生きてるって顔してる」

「なんですかそれ」

「うーん、上手く言えないけども……なんだか張りがあるんだよね、顔つきにさ」

「張り、ですか」

「あれじゃないの、若くて可愛い保母さんに囲まれてさ、若返っちゃったんじゃないの」

「竜平さん、それセクハラですよ」

「なーにがセクハラだい。おれと銀ちゃんのあいだでさ」

竜平が、かかかかと笑う。銀治も苦笑いを浮かべた。ひとしきり笑ってから、竜平が真面目な顔に戻った。

「でもほんと、いい顔してるよ銀ちゃん。すくなくともおれは前よりもいまの銀ちゃんの顔のほうが好きだな」

「そうですか」

なかば無意識に銀治はじぶんの顔を撫でた。

確かにこの半年は、思ってもみないことが次つぎに起こった。いいことばかりではない、苦しいことと悲しいこともたくさん経験した。でもそれが――銀治はふたたび顔を撫でる――それが、生きているってことかもしれないな。きっと、たぶん。

「遅くなってすみません」

ドアが開き、息を弾ませた啓介があらわれた。片手に書類を幾枚か持っている。

「いや全然。わたしもついさっき来たところです」

「よっ平岡ちゃん」

竜平が片手を上げる。

「あ、鈴木さん。お疲れさまです」

「はんこ、必要なんですよね。持ってきました」

「わざわざすみません、ええと」

啓介が持ってきた書類を広げる。

「ここところと、あとここにはんこもらえますか」

「はい」

はんこに息を吹きかけ、空いている欄に押していく。

「なんだよ、そんなの保育園に持ってってってそこで押してもらえばいいじゃないの。通ってるんだろ、平岡ちゃんの子ども」

竜平が横合いから口を出す。

「そういうわけには行きませんよ」

「なんだよ融通がきかねえなー」

「仕事とプライベートはきっちりわけないと。どこで誰がみてるかわかりませんからね。すぐに苦情が届きます」

「なんだか面倒くさい世の中になっちまったな」

竜平がくるりとめだまを回した。

竜平の言うとおりかもしれない。印鑑をつきながら銀治は思う。

ひと昔前だったら、子どもが友だちに怪我をさせられたと知っても「お互いさま」でいまほど親が目くじらを立てることはなかったに違いない。だがいまは違うようだ。ほんのささいなことでも親は保育園にクレームをつけてくる。

そんなことを思いながら銀治は捺印《なついん》漏れがないか再度チェックする。

「これでいいですか」

「えーと、あ、はい。だいじょうぶです、ありがとうございました」

「じゃあわたしはこれで」

銀治は頭を下げる。

「ええ、もう帰っちゃうのかい」

「待ってください八代さん。お話ししたいことが」

竜平と啓介の声が重なる。

「話？」

頷いた啓介がすっと銀治の横に近づいて来た。ひとつおおきく息を吸ってから話し始める。

「……大翔くん……ふたば保育園を退園するそうです」

「えっ！」

思わずおおきな声が出た。

「まだ園長先生しか知らないんですけど……八代さん、大翔くんのことをとても可愛がっていたから、早めに知らせたほうがいいかなと思いまして。それで今日わざわざ来てもらったんです」

「退園て……卒園まであと少しなのに」

「保育課の担当者もずいぶん引き止めたらしいんですが、お母さんの決意が固いらしく……」

「ふたば保育園を出て、どこにいくつもりなんでしょうか」

「療育園を探してるみたいですけど……この時期に空きがでるかどうか」

「療育園？」

「心身に障害をお持ちのお子さんを預かる保育園、みたいなものですかね。市の運営する園がいくつかあって、そこには療育の専門家や看護師が勤めてます」

「そういう施設があるんですか」

「ええ。あまり知られてはいないと思いますけど」

啓介のことばに銀治は考え込む。

いま、この時間も大翔はどうしているだろう。またヘルパーに自宅で見てもらっているのだろうか。でもそれでは金銭的な負担もおおきかろう。なによりあの元気な大翔が家でおとなしく過ごすことができるとは思えない。

それともほかの保育園に入りなおすのか。あるいは療育園とやらに。けれど卒園まであとひと月という時期に入れる園なんてあるのだろうか。思いが千々に乱れる。

「大翔ってあれかい、前話してた例の、わんぱくな」

小柄な竜平が銀治を見上げる。

「ええ」

「や、でもさ、いくらわんぱくでもなにも退園することはないんじゃないの」

「それがちょっとなかなか……いろいろありましてね……」

啓介の顔が曇る。

「退園、ですか……」

無意識にことばが口をついて出た。

「たぶん明日にも職員のみなさんに伝わると思います。それまではくれぐれも口外しないでください ね」

「もちろんですとも」

「なーんかいまの保育園って大変そうだな。いや保育園だけじゃない、世の中全体がなんていうかこう……余裕がないっていうか、ぎすぎすしてるっていうか、なんかあったら即終わり、みたいなさー」

「ですね……役所で仕事をしててもそう思うことが多々あります」

竜平のつぶやきに啓介がこたえる。

竜平の気持ちはよくわかる。確かに大翔はおおきな事故を起こしてしまった。でもそれは退園するほどのことだろうか。友だちとのやりとりのなかで怪我をした、あるいはさせてしまったなんて、じぶんが子どものころもしょっちゅうあって、でも謝ったらそれで許せたし、許してもらえた。そうやっていろんな体験を積んでいくことが成長につながるんじゃないのか。一度でも失敗したらそれで終わり、そんな世の中は間違っているのではないのだろうか——

竜平と啓介の話を耳にしながら銀治が決意する。

今日、このあと大翔の家に行ってみよう。なにができるかわからないが、いや、きっとなにもできないだろうけれども、せめて話を聞くくらいは。

銀治は両の手を固く握りしめる。

大翔の家に向かう途中、思いついて銀治はスーパーに寄った。

時刻は夕方の五時。掛川はつかまるだろうか。働いているとしたら、まだ帰宅していないかもしれない。

けれど銀治のこころは急《せ》いて、もしいなかったらまた出直すまでと思い、歩を緩めることはなかった。

大翔の家は、あいかわらず陰気な風情を漂わせており、それはこの家に住まう家族のこころ模様をあらわしているかのようだった。

冷たい風が吹き、銀治は思わずからだをぶるりと震わせる。空はどんよりと曇り、いまにも冷たい雨か雪が降り出しそうな雲行きだ。

インターフォンを押そうとして、迷いが兆す。

勢いのままに大翔の家に来てしまったが、よかったのだろうか。家を訪ねることは、克代はおろか篠原園長にも話していない。いちパート職員のじぶんがそんなことをしてよいものだろうか。

いや。銀治は頭を強く振る。

ここまで来たんだ、やはり大翔と掛川の顔が見たい。話がしたい。ふたば保育園の職員ではなく、大翔の友人としてならば許されるのではないだろうか。

銀治はこころを落ち着かせるため深呼吸をしてからインターフォンを押す。

応答はない。やはりまだ帰宅前か。でもそれならヘルパーと大翔がいるはずでは。

銀治は再度インターフォンを鳴らした。今度はあまり待たずに掛川の声で返答があった。

「……はい」

「ふたば保育園の八代です。お忙しい時間にすみません。ちょっとお話ししたいことがありまして」

「……銀治先生？　おひとりですか」

「はい。今日は保育園の職員ではなく、大翔くんの友だちとしてお伺いしました」

「大翔の友だち……」

「少しだけお話しさせてくださいませんか、お母さん。長居はしませんので」

「散らかっていますし、とてもお客さまを通せるような状態では……」

「わたしなら構いません。どうかお気になさらずに」

銀治はカビの浮いた白いインターフォンに向かい懇願する。ふうぅ。インターフォンの向こうからかすかなため息が聞こえて来た。

「……わかりました。少々お待ちください」

通話が途切れてから一分ほどで玄関ドアが開き、掛川が顔を覗かせた。前回会ったときよりも精気が乏しく、顔色も悪い。肌もくちびるもかさかさで、髪にもつやがなかった。

礼を言いながらドアをくぐり、以前通されたリビングへ向かう。

壁の穴はまだふさがれておらず、黒ぐろとした闇が広がっている。まるでその穴からこの家を支配する重い、重すぎるなにかが蠢《うごめ》き出て来そうで、銀治は思わず目を逸らせた。

リビングでは大翔と光喜が緑色のソファに腰かけ、おおきなモニタの前でなにやらゲームをしている。

リビングは以前来たときよりも乱雑で、大翔がずっと家にいるせいだろう、カラーブロックがあちこちに散らばり、ミニカーが床を埋め尽くすように置かれてある。部屋の隅には綿埃がたまり、テーブルのうえはカップラーメンの残骸やスナック菓子の空き袋、それにクレヨンで描き散らした画用紙でいっぱいだった。銀治は床に散らばったおもちゃやごみを踏まぬよう注意しながらなかへと進む。

「ひろくん。銀治先生だよ」

掛川の呼びかけに、大翔がぱっと振り向く。

「久しぶり、大翔くん」

「銀治先生！　銀治先生だ！」

大翔がソファから飛び出して銀治にむしゃぶりつく。光喜もゲームを止め、銀治のことをじっと見つめている。

「大翔くん、ほらこれところてん。前に大好きだって言ってただろう」

「やった！　ところてんだ！」

大翔が銀治の差し出したスーパーの袋を振り回す。

「光喜くんのぶんも入ってるからな、ふたりで仲良く分けるんだよ」

「やだ！」

大翔が叫んだ。

「ところてんはぜんぶひろくんの！　誰にもあげない！」

「ふたつ買ってきたから、ひとつは光喜くんに」

「やだ、やだやだやだ！」

「大翔。いじわるしないの」

「いじわるじゃない！」

大翔が背中に手を回して袋を隠す。

「兄ちゃんずるい！　ぼくも食べたい」

光喜が手を伸ばす。大翔がその手をはたいた。

「だめったらだめ！」

光喜のくちびるがわなわなと震えだす。顔全体が歪《ゆが》みだし、ついにはおおきな声で泣き始めた。掛川が疲れ切った声を出す。

「わかったわかった、こうちゃんにはあとで買ってきてあげるから。ね？」

光喜がイヤイヤと首を振る。

「大翔、それ持ってお部屋に行ってなさい」

「食べていい？」

「食べるのはごはんのあと。それが守れないなら、お母さんがふたつとももらうよ」

「はぁい」

不満げな顔をしつつも、大翔が階段を上ってゆく。

「よしよし。こうちゃんごめんね。こうちゃんは悪くないからね」

三歳の光喜を膝にのせ、掛川が頭を撫でる。泣き声がじょじょにおさまってゆく。

「すみません……まさか取り合いになるとは」

銀治は頭を下げた。

「いいんですよ、毎度のことです……で、お話というのは」

銀治は唾を飲み込んだ。

「じつは……平岡さんから大翔くんがふたば保育園を退園すると聞きまして……」

「平岡さんから……」

「プライベートなことなのにすみません。退園するというお気持ちはほんとうなんですか」

「ええ。なんだかもう疲れてしまって。なにもかも……」

光喜の髪を撫でながら掛川がつぶやく。

「でもあと一か月ですよ、一か月経てば大翔くんはみんなと一緒にふたば保育園を卒園できるんです。あと少し、がんばりましょう、お母さん」

「でもその一か月のあいだになにも起こらないという保証はないですよね」

「それは……」

銀治は口ごもる。焦点の定まらない目を掛川が宙に投げた。

「じつは市の障害福祉課にどこか大翔が入れる療育園はないか探してもらいまして。うちの窮状をお話ししてなんとかしてほしいと強く訴えましたら、ひとつだけ大翔を受け入れてくれる園が見つかったんです。ちょうど来月、二月一日から大翔はそこに通う予定なんですよ」

「そう、でしたか……」

泣き止んだ光喜が掛川の膝から滑り降りた。モニタの前へ行き、ふたたびゲームで遊び始める。そのようすをぼんやり眺めながら掛川がことばを継ぐ。

「……ねえ先生。わたしの話を聞いていただいてもいいでしょうか」

「はい、もちろん」

「おかしいと思われるでしょうが、先生、わたしはね、まだどこかで『大翔は普通の子どもなんじゃないか』って考えてしまうときがあるんです。障害があるのは明らかなのに……どうしても諦めきれないというか、認めたくないというか……」

銀治は無言で頷いた。

「認めたら大翔はほんとうに『障害者』になってしまう。もう健常児にはけっして戻れない。

そう思うと……」

掛川が両手で顔を覆った。かけるべきことばが見つからず、銀治はただ黙ってつづきを待つ。風が吹き、窓ガラスががたがたと音を立てた。外の薄暗さがそのままこの家に流れ込み、陰鬱な空気を作りだしているように銀治には思える。

掛川が顔を覆っていた手をはずし、視線を床に落とした。

「……だから小学校も通常級をずっと希望していました。通常級が無理でも、せめて通級指導でなんとかならないか、と」

「通級？」

「ご存知ないですか」

「はい。恥ずかしながら」

「通級指導というのは大翔みたいに自閉症や発達障害を持つ子どもが、通常クラスに在籍しながら必要に応じて別室で指導を受けるというものです。市役所で聞いたところ、通常級、通級指導、特別支援級、そして特別支援学校と障害の度合いで通うところが変わって来るそうなんです」

「そういうものなんですか……」

初めて聞くことばかりだった。障害のある子どもについて、いや、子育て全般についてなんて無知だったんだろうおれは。あらためてじぶんのちから不足をもどかしく感じる。

掛川が床から視線をはずし、銀治を見つめた。

「……でもそれもそろそろ終わりです。四月から小学校が始まります。どこかで覚悟を決めなくては。けれどもね、先生……」

「……はい」

「……どうしたらいいか、まだ毎日悩んでしまうんです……こたえの見つからない問いが……頭のなかをぐるぐる回って……」

掛川の眉間に深い皺が寄る。右手の親指と人差し指で掛川が目頭を揉んだ。

聞くか聞くまいか迷ったすえ、銀治は尋ねる。

「あの、失礼ですがご主人はこの問題について」

掛川が弱々しく首を振る。

「あのひとはだめです。『子育ては母親がやるもんだ。じぶんは外で稼いでいるんだから文句を言うな』の一点張りで」

掛川のことば一つひとつが銀治の胸に突き刺さる。

もし陽子に障害があったとしたら、おれは陽子や律子に寄り添ってやれただろうか。仕事を休み、子どもを見る。通院する、役所に行く、保育園や学校と連携を取る――いや、無理だ。あのころのおれだったら、いまの掛川の夫と同じように問題から逃げてなにもかも律子に押しつけていただろう――

「どうしました、銀治先生」

黙り込んだ銀治を心配したのだろう、掛川が声をかけてくる。

「いえ、なんでもありません」

銀治は無理やり口角をあげる。掛川がすっと背を伸ばした。

「銀治先生、ふたば保育園ではほんとうにお世話になりました。保育園最後の年に先生と出会えて、大翔はとても嬉しかったと思います。ほんとうにありがとうございました」

言うや、深々と腰を折った。

「いえこちらこそ、大翔くんと出会えたおかげで楽しい思いをたくさんさせてもらいました。お礼を言うのはわたしのほうですよ」

銀治は頭を下げ返した。掛川がほっとしたような笑みを見せる。

その笑顔を見ながら、銀治はさまざまな思いに押しつぶされるようなこころもちを覚える。

春

まさか人生においてこのようなすがたになる日が来ようとは、一度たりとも思ったことはなかった。

銀治は職員室に置かれた全身が映る鏡を見て嘆息をもらした。

「銀治先生、準備はいいですか」

ひとみがひょいと職員室に顔を出した。銀治を見たとたん、歓声を上げる。

「すごい！　すごいクオリティです、銀治先生」

「クオリティってひとみ先生……」

二月三日、節分翌日の午前十一時。これから開かれる鬼退治の豆まき集会に「赤鬼」として登場するため銀治はいま職員室で準備にいそしんでいた。

真っ赤なトレーナーに真っ赤なズボン。ズボンの上から、黄色地に黒のフェルトでトラ柄を模した短パンを履き、頭には黄色のかつらを乗せている。かつらからは太いツノが二本。すべて保育士たちの手作りだ。さらには「顔だけ赤くないのはおかしい」という克代の意見により、舞台用の真っ赤なドーランが顔面全体に塗られている。

「もうあとちょっとで始まりますからね。職員室から絶対出ないでくださいね」

「ああ、わかってる」

「ひとみ先生、わたしも着替えました」

ひとみの後ろから一歳児の担任の若い保育士があらわれた。銀治と同じ扮装をしているが、怖いというより可愛らしい。

「わ。可愛い！」

「ほんとですかー。がおー」

保育士が両手を上げてポーズを取った。ひとみがぱちぱちと拍手する。

「じゃあ乳児さんたちの集会に出て来ますね」

「お願いします」

「待てまて待ってくれ。なにもおれがわざわざやらなくても、あの先生が幼児の集会にも出てくれればそれでいいじゃないか」

銀治は縋るように言うが、ひとみと一歳児の担任はきっぱりと首を振る。

「それはだめです銀治先生」

「そうですよ、年長の子どもたちにはできるだけホンモノ感を味わわせてあげないと」

ふたり揃って声を上げげた。銀治はふたたび嘆息をもらす。

「なんだか遊ばれているような気がするんだが……」

「気のせい気のせい」

ひとみが真顔で首を振るが、目が完全に笑っている。

「そろそろ始めますよ」

克代が事務室の外から呼ばわった。

「じゃあ行きましょうか。銀治先生、ホールに入ったら、こう両手を上げて威嚇してくださいね」

「ああ。わかってる」

「本気でお願いします」

銀治は頷いた。威嚇なら大の得意だ。定年まで勤めた警備会社では、なんどもこの威嚇で不審者だの犯罪者だのを抑え込んできた。

しかしこんな格好をして威嚇までしたら子どもたちのこころの傷になったりはしないのだろうか。銀治は不安をおぼえながら、ひとみに伴われてホールまで歩いてゆく。

「じゃあよろしくお願いしますね」

銀治が頷くと、ひとみが、がらり、扉をあけた。

「みんな大変！　ふたば保育園に赤鬼さんが来ました。鬼退治のボールを投げる準備はできていますか」

「できてるよ！」

「いつ来てもいいぞ、鬼め！」

紋太や空の勇ましい声が聞こえてくる。

仕方ない。ここまできたら観念して赤鬼に徹しよう。

銀治はひとつおおきく息を吸い込むと、ホールのドアを開け放った。

「がおー。赤鬼だぞ。悪い子はいないか」

後半、なまはげがまじってしまった。両手を上げ、なるたけ怖そうな表情を作る。ホールには、色画用紙で作った鬼の顔や棍棒《こんぼう》などが所せましと貼られたり、吊り下げられたりしている。

いっしゅん、子どもたちが息を吞んだ。幼児のなかでいちばん幼い三歳児のなかの幾人かが、わっと声を上げて泣き出した。

「だいじょうぶだよ。悪い鬼さんだけど、いいひとだからね」

三歳児の担任がやさしく声をかける。

なんだ悪いけどいいひとって。存在じたい矛盾しているぞ。

「銀治先生、怖すぎます」

ひとみが耳もとで囁《ささや》いた。本気でやれと言ったのはそっちではないか。むっとしたが、こらえて頷いた。

「さあみんな、鬼退治をしましょう。鬼は外」

「鬼は外！」

威勢のいい声を上げて紋太たち五歳児を中心に、ホールに集まった園児たちがいっせいに豆に見立てた直径八センチほどのカラーボールを投げつけて来た。

「がおーがおー」

「来るな鬼め！」

「やっつけちゃえ！」

四方八方からカラーボールが飛んでくる。いくらビニール製のカラーボールとはいえ、思いきりぶつけられるとけっこう痛い。とくに無防備な顔面にあたると思わず顔をしかめてしまうほどの痛みだ。

なんでおれがこんな目に。ホールを歩き回りながら銀治はだんだん悲しい気持ちになってくる。

克代が目で合図を送って来た。そろそろ逃げ出せということだろう。

「がおー参ったまいったぞ。さらばだ」

銀治はホールの外へと逃げ出した。廊下に出て、ほっとひと息つく。

「みんなの活躍で鬼さんは退治されました。よくがんばったね」

ひとみの声が響いてくる。よかった。なんとか無事におれは退治されたらしい。さて職員室に戻るか。エプロンに着替えて給食の準備をしなくては。

「鬼退治、面白かったね」

「ひろくんもやれればよかったのにね」

ホールから聞こえて来た蓮の声に、銀治は思わず足を止めた。

大翔が退園したことは一月二十八日に篠原園長から職員に報告された。そのときの克代の、悔しそうな悲しそうな辛そうな顔を銀治は忘れることができない。

ぞう組の保護者にも順次大翔の退園が知らされた。

「二月になっても大翔くん来ませんね」

お迎えのとき池田に聞かれた銀治は、淡々と感情を交えずに大翔の退園を伝えた。池田はいっしゅん複雑な表情を浮かべたが、すぐにいつもの顔に戻った。どんな気持ちで大翔の退園を捉えたのか、表情からはなにもわからなかった。

退園は大翔にとってよいことだったのだろうか。いま通っているはずの療育園とやらに上手く馴染《なじ》んでいるだろうか。母親の負担が少しでも減っているといいのだが――この数日間、そんな思いが頭から離れない。

そういえば療育園でも豆まきはやるのかな。銀治は顔をこすりながら事務室へと歩を進める。

その日の夜、勤務を終えて自宅へ向かったのは六時半を少し回ったころだった。

まだ六時半といえどすでに日は落ち切り真っ暗で、冷たい北風が音を立てて吹き荒《すさ》んでいる。銀治はジャンパーのうえからマフラーをきつく巻き、両手をポケットに突っ込み、下を向いて歩いた。

いつものようにコンビニで弁当とビールを買い、いつものように夕刊を取ろうとポストを覗き込む。ひとめでDMとわかるはがきが二枚、はがきに挟まれるように、白い封筒が入っていた。なんの気なしに摘まみ上げ、裏面を見る。差出人を見て、いっきに鼓動が速くなる。

陽子だった。

陽子から手紙が来た。いったいどうしたのだろう。

小走りで玄関ドアを抜け、居間に向かう。コンビニの袋を投げ捨て、コートを脱ぐのももどかしくそのままのすがたで封を開ける。震える指さきで一枚だけ入っていた便せんを広げた。便せんには数行、文章がつづられていた。

「八代さん、こんにちは。

二月に入ってすぐ、再入院となりました。

入院生活はなにもすることがなく暇なので、母に勧められて手紙の返事を書くことにしました。

体調はあいかわらずです。

病室の窓から大学の桜並木が見えます。

いまはまだつぼみもなく、寒々しいすがたをみせていますが、あと二か月もすれば咲き誇ることでしょう。

桜の花を見ることができるのかどうかはわかりませんが。

陽子」

これだけの短い文章を、銀治は何度もなんども読み返した。

『桜の花を見ることができるのかどうかはわかりませんが』

この一文が深く胸に突き刺さる。

悔しさや不安、悲しみとともに、陽子が返事をくれた、たとえ短いものでも返事をくれたという事実に銀治はこころの奥底から湧き出るような喜びを感じる。

さっそく返事を書こう。銀治は急いで戸棚から便せんとペンを引っ張り出した。

そうだ、今日は保育園での豆まきのことを書こう。どんな扮装をし、どんなふうに鬼を演じ、子どもたちがどのように怖がったり面白がったりしたか――買ってきたビールも弁当も忘れて銀治はペンを走らせる。

その後も陽子からぽつぽつと手紙が来た。一週間に二度届くこともあれば、十日ほど間が開くこともあった。届けば歓喜したし、来なければ心配が募る。けれども陽子が読んでくれている、それがとてつもなく嬉しくて、銀治は毎日手紙を書きつづけた。

見舞いにも二度行ったが、二度とも運悪く処置を受けている最中だったり、検査のため別室に行っていたりと陽子の顔をみることはできなかった。

そうやって毎日を過ごしているあいだに二月も終わりが近づいた。

「今夜ご飯を食べにいきませんか」

珍しく克代から銀治とひとみに声がかかったのは、二月最後の週末の金曜日だった。

「生ビール三つ、あと餃子《ギョーザ》と春巻きと豚肉とピーマンの炒めものお願いします」

「生三つに餃子、春巻き、豚ピーですね、少々お待ちください」

克代のオーダーを伝票に記してから、女性店員が厨房《ちゅうぼう》に引っ込んだ。

「園の近くにこんなお店あったんですね。知らなかった。克代先生はよく来るんですか」

ひとみが興味津々といった顔で店内を見回す。克代にいざなわれて三人が入ったのは、二十人も客が来ればいっぱいだろうと思われる、まさに町中華といった風情の中華料理屋だった。

壁にはびっしりとお品書きが貼られ、渡されたメニューも分厚い。メニューにならぶ麻婆《マーボー》豆腐や酢豚といった料理はどれも千円以下といったお手頃価格で、五目チャーハンや広東《カントン》麺といったご飯ものも充実していた。店は八割がた埋まっており、仕事帰りらしき会社員のグループや、ちいさな子どもを連れた家族連れなどでにぎわっている。

「たまにね。帰ってもどうせひとりだから、ここで夕飯済ませることがあるのよ」

組んだ手のうえにあごを乗せ、克代がこたえる。

「それで、どうしたんですか今日はいったい」

「……じつはね」

「はいおまちどうさま、生三つ」

克代の話を遮るように、ビールのジョッキがでででんとテーブルに置かれる。克代がジョッキに手を伸ばした。

「とりあえずお疲れさまということで。乾杯」

「乾杯」

「今日も一日お疲れさまでした」

銀治とひとみも声を合わせ、がちんとジョッキを触れ合わせる。

一日働いて疲れたからだにビールが沁《し》みわたってゆく。

「ふあー。冬のビールも美味しいですよね」

「乾燥してるからな、美味しく感じるんだ」

銀治はひとみにこたえる。ふたりの会話に頷いた克代がふたたび口を開く。

「じつは四月一日づけで異動することになりました」

「え、異動？」

ひとみが目を丸くする。克代の意外なことばに銀治も驚く。

「ふたば保育園に来てもう五年でしょ、そろそろかなあとは思ってたんだよね」

お通しのザーサイと水菜の和《あ》えものを箸でつまみながら克代がこたえる。

そうか克代やひとみは月野市の職員だから異動もありえるのか。銀治は合点がいく。

「異動って、どこの園に」

「ひばり保育園。市役所をちょっと行ったところにある……」

「あ、あそこですか。同期がひとり勤めてます」

「そう。だから三月は引継ぎとかでばたばたすると思うけど、よろしくお願いします、銀治先生、ひとみ先生」

克代が軽く頭を下げた。こたえて銀治とひとみを頭を下げる。

「餃子と春巻き、ここに置きますね」

店員の声とともに、大ぶりな餃子と春巻きがテーブルに並んだ。

「さ、熱いうちに食べましょ」

克代が皿をふたりに勧める。

「そっか克代先生、いなくなっちゃうのか……寂しいな」

小皿に醤油《しょうゆ》とラー油を垂らしながらひとみがつぶやく。

「ひとみ先生は次はめだか組ね」

「そうなんです。五歳児からいっきにゼロ歳児。上手くやれるのか心配で」

「でもめだか組は三人担任制でしょ。しかも残りのふたりが登美子《とみこ》先生と渚《なぎさ》先生っていうベテランだから安心してだいじょうぶよ」

「おむつ替えや授乳なんてわたしにできるかなあ」

「実習でやったでしょ」

「やりましたけど……ほんものの赤ちゃんに接するのは久しぶりだし、大切な赤ちゃんを預かると思うと」

「先輩たちに教えてもらいながら経験を積めばすぐに慣れるよ」

「ですね。がんばります」

「銀治先生は……辞めたりなんかしませんよね」

克代の問いに銀治は頷く。

「まあ保育園にもだいぶ慣れたし、ほかにやることもないんで引きつづきお世話になろうかと」

「よかった」

「銀治先生、だめなものどうし、来年度もがんばりましょうね」

「ああ」

「なに言ってるんですか。七月のあのころといまでは全然違いますよ。だめなものなんてことないですよふたりとも」

「ほんとですか」

ひとみの顔が輝く。克代がジョッキのふちを指でつ、と、なぞる。

「ひとみ先生もこの一年でずいぶんと成長したし、銀治先生も子どもたちに好かれていてたのもしいかぎりだし、心残りはほとんどないんだけど、ひとつだけ――」

「……大翔くんのこと、ですよね」

ひとみのことばに克代が頷いた。

「……元気にしてるのか、ちゃんと療育園に通えているのか、お母さんのようすは、弟くんはどうしているのか……考えだすときりがなくてね」

「わたしも……考えても仕方ないと思いつつ、考えちゃうことがあります」

こたえてからひとみがジョッキをぐっと呷《あお》った。

確かに心配ではある。ではあるが、ふたば保育園を離れた以上、こちらから大翔や掛川のようすを窺い知ることはできない。克代やひとみの話を聞きながら、銀治もビールを喉に流し込んだ。

「おうちに会いにいくのは……」

ひとみのことばに克代が首を振った。

「もううちの園児ではないのだからそれは難しいわね」

「ですよね……」

「新しい園で、楽しく過ごしてくれていればいいんだけどね……」

ひとみが深く頷いた。

療育園か。いったいどんなところなのだろう。餃子を夕レに浸しながら銀治は考える。大翔みたいな子どもばかり通っているのだろうか。そもそも保育園とはどういう違いがあるのだろう。

「信じましょう、大翔くんの生きていくちからを。それくらいしかわたしたちにできることはないよ」

「ですね。わたしも信じます」

「大翔くんが元気で楽しく通えていたら、それでじゅうぶんなんだしな」

ひとみと克代が神妙な顔で頷いた。

「お待たせしました、豚肉とピーマンの炒めものです」

「あ、追加で生ビールもうひとつ。おふたりは？」

「おれもビール貰おうかな」

「わたしはレモンハイ。あと八宝菜と回鍋肉《ホイコーロー》をお願いします」

「はい、少々お待ちください」

店員が去るのを待ってから、ひとみが銀治に向き直った。

「ところで銀治先生、お嬢さんのその後は……」

「二月の初めに再入院したんだ。二度ほど会いに行ったんだが、間が悪くて本人には会えずじまいで」

「そっか。それは心配ですね。手紙は、まだ……」

「毎日書いている。このごろはときどきだけど返事も来るようになった」

「返事？　すごい、すごい進歩じゃないですか」

「ぜんぶひとみ先生のアドバイスのおかげだよ。ほんとうにありがとう」

「いえわたしなんか全然。先生の強い気持ちがお嬢さんに届いたんですよ」

「え、ちょっと待って。手紙ってなに？」

ふたりの会話に克代が割って入った。残り少ないビールを干してからひとみが口を開く。

「前にこうやって飲んだとき、銀治先生のお嬢さんががんを患ってるって話は聞きましたよね」

「うん、聞いた。確かすい臓がん……でしたよね」

「ああ。腹水が溜まり始めてね。苦しそうで……見ているこっちも辛くて」

銀治はテーブルに視線を落とした。ひとみがことばを継ぐ。

「お嬢さんが銀治先生に会いたくないと言ってるって聞いて……それなら手紙を書いたらとお勧めしたんですよ」

「手紙、かあ」

「それも毎日」

「毎日？　それで銀治先生、書いているんですか」

「いまのところはなんとか。たいしたことは書いていないのだがね。保育園であったこととか、その日食べたものの話とか」

「毎日はすごいですね」

「いやいや。小学生の作文みたいなものだよ。お恥ずかしいかぎりだ」

「でもきっとそれがお嬢さんのこころを動かしたんでしょう？」

「だと嬉しいんだがな」

「よかった……よかったです」

ひとみがほほ笑みを顔じゅうに広げた。克代が声を低める。

「腹水が溜まり始めたってことは……失礼ですがあまりご容態が芳しくない、とか……」

「そのようですね。最初に来た返事には『桜の花を見ることができるのかどうかはわからない』と書いてあったよ」

「そう、でしたか……」

克代がうつむいた。しばし沈黙がおとずれる。

「わたし、お祈りします、毎日。お嬢さんが少しでも……楽に過ごせますようにって」

ひとみがぐっと顔を上げて銀治を見た。

「なにかあったらいつでも話してくださいね。お話を聞くことくらいしか、できることはないんですけれども」

克代も視線を銀治に向ける。

「ありがとう……その気持ちが嬉しいよ」

銀治は首を垂れた。

こんなおれでも気遣ってくれるひとがいる。心配し、寄り添ってくれるひとがいる。銀治は目頭が熱くなるのをおぼえる。

「もう少しなにか頼もうか。どれも美味しそうだな」

潤んだ瞳を隠すように、銀治は分厚いメニューを顔の前に広げた。


三月の第一週、いよいよ卒園式の練習が始まった。とくに卒園式の目玉である園児たちからの「お別れのことば」の稽古は、毎日入念に行われた。

その日も午後じゅうを使って「お別れのことば」の練習にぞう組の園児たちは励んだ。

二列に並んだ園児たちが、短い一文をリレー形式でつないでいく。指導する克代とひとみにもちからが入っていた。

「みんな、しっかり口を動かしてはきはき喋るんだよ。そうすればとってもわかりやすいからね」

「どきどきするときは深く息を吸ってね。とくに最初のことばを言う紋太くん、がんばっておおきな声を出してね。それができればあとのみんなの声もしぜんとおおきくなるからね」

克代とひとみの励ましに、紋太が神妙な顔で頷いた。

練習を終え、ホールから教室に戻ったときに、ちょうど池田が蓮を迎えにやって来た。

「あ、克代先生、銀治先生、こんにちは」

「池田さん、今日はお迎え早いんですね」

「このあと蓮が歯医者さんで。入学式までに虫歯を治さないと」

「そうか。入学式まであともう……一か月もないんですね」

「ええ。早いものです」

蓮が帰り支度をするあいだ、教室の入り口に立った池田と克代、そして銀治は、大声で笑い合うぞう組の子どもたちを眺めやる。

「……あの」

池田が小声でことばを発した。

「はい、なんでしょうか」

克代がこたえる。

「あ、いえ、なんでもないんです」

思い直したように池田が首を振る。

ややあってから、ふたたび池田が声をかけてきた。

「……あの、克代先生、銀治先生」

「はい、どうしましたか」

蓮を見つめていた池田が、ぐっと顔を銀治に向けた。

「……大翔くんは小学校、どうされるのかご存知ですか」

『ひろと』の三文字に、銀治の心臓が、とん、と跳ねる。克代が銀治の顔を見た。銀治はひとつ深く息を吸う。

「いえ、どこに行くのかはわかりません。ですけども」

「けども？」

「……一月にお会いしたときには通常級に通わせるのか、それとも通園指導か支援級にするのか、さらには支援学校に進ませるのか……とても迷っているごようすでした」

「……そう、でしたか」

池田が顔を伏せる。

「……障害を持っておられる可能性のある子どもがどう通学先を決めるのか……いまは選択肢がほんとうに広いんです。だから親御さんはみなさん悩んでらっしゃることがとても多いんですよ」

克代がていねいに説明をする。顔を伏せたまま、池田がちいさく頷く。

聞くか聞くまいか。いっしゅん迷いが兆すが、銀治は思いきって口を開く。

「池田さん、気になりますか、大翔くんのこと」

池田はすぐにはこたえなかった。数十秒ほど間を開けてからゆっくり話し始める。

「……気にならないというと嘘になります。大翔くんがふたたび保育園を辞めたのも、蓮とのことがあったからだと思うし……でもね先生、わたしけっして間違ったことはしていないとも思うんですよ」

「はい」

「安全であるべき保育園で怪我したりさせたりって、やっぱり異常なことだと思います。変な話ですが大翔くんが『普通の子』だったら、起きなかったことばかりだと思いますし。それにたとえば蓮が小学校に上がったとき、もし同じクラスに大翔くんがいたら……本音を言えば『違うクラスに行ってほしい』と思うとおもうんです」

「……はい」

「けれどもね先生、そう思ういっぽうで、六年間いっしょに過ごしたお友だちとして、大翔くんが療育園でいまどういうふうに過ごしているのか、今後の学校生活はどうなるのか……心配しているじぶんもいるんです。それになにより蓮が……」

「蓮くんが？　どうしました」

克代が問う。一拍の間を置いてから、池田がことばを押しだす。

「……しきりに言うんですよ。『小学校に行ったら、また大翔くんと会えるかな』『またいっしょに遊べるかな』って……」

「蓮くんは優しいお子さんですからね」

池田がこくりと頷いた。

「……蓮にそう言われるたびに、大翔くんがどうしているのか気になってしまうんです」

「池田さんの気持ち、よくわかりますよ。わたしも大翔くんがどうしているのか、毎日のように考えてしまいます」

「だとしたらいちど療育園に見学にいらしてみては？」

ふいに真後ろから投げかけられたことばに、三人は揃って振り向いた。

「園長！」

「篠原先生……」

穏やかな笑みを口もとに浮かべつつ、篠原園長がことばをつづける。

「大翔くんの通っているのは月野市が運営しているゼロ歳から五歳児までの療育園です。心身に障害をお持ちのお子さんが通う園なので、着工する前は近隣の住民のかたたちから不安の声が寄せられたこともありました。それもあって、市では積極的に園内の見学を受け入れているんです。じっさい反対していたかたのなかにも療育のようすを見て、態度を変えたひともおおぜいおられますよ」

「じゃ、じゃあわたしたちが見学することも……」

「もちろん可能です。それにね運のいいことに、いまの療育園の園長は、わたしがひとつ前の園にいたときの主任保育士だったひとなんです。働きながら児童発達支援管理責任者の資格を取り、いまの園に異動したがんばり屋さんなんですよ」

「そうなんですか……」

池田がくちびるを嚙みしめ、考え込む。克代がことばを挟んだ。

「園長先生、わたしも見学してもだいじょうぶですか」

「あ、わたしも行きたいです」

あわてて銀治も手を挙げた。

「もちろん。克代先生も銀治先生も見学は可能ですよ」

頷いた克代が、池田に向き直った。

「一緒に行きませんか、池田さん。大翔くんがどんな園生活を送っているのか……じっさいに見てみましょうよ」

「……そうですね……」

「じぶんのなかだけで、ああだこうだと心配しても始まりません。大翔くんに会えるぜっこうのチャンスですよ」

銀治もことばを添える。なにごとか考え込んでいた池田が顔をあげた。

「先生がたのおっしゃる通りかもしれません。大翔くんに向き合うことが、いまのじぶんにできる最良のことだとわたしも思います」

池田の返答に園長と克代がおおきく頷いた。

「では見学の予約を取りましょう。克代先生と銀治先生がお休みの日で、池田さんのご都合のよい日があれば……」

園長が三人の顔を見渡した。

大翔に会える。顔が見られる。浮き立つような気持ちを銀治は抑えられない。

月野市立もものき療育園は、駅前からバスに乗って二十分ほどの場所にあった。周囲には小児医療センターや、グループホームなどの施設がかたまって建っている。あちらこちらに点在させるよりも一か所にまとめて建てたほうが利用者もなにかと便利なのだろう。

「ちょうど時間ですし、よろしいでしょうか」

レンガが積まれた正門前で克代がふたりに尋ねる。池田が頷き、銀治も軽く頭を下げた。

療育園は淡いクリーム色の二階建てで、丸窓や山小屋ふうの赤い屋根が可愛らしい建物だった。この園舎だったら子どもも保護者もほっとするだろうと療育園を見上げて銀治は思う。

レンガ造りの門には『月野市立もものき療育園』と記された縦一メートルほどの表札がはめられている。金属製の門扉を抜けると両側を花壇に挟まれた細い通路が玄関のガラス戸までつづいていた。克代、銀治、池田の順で細い通路を抜ける。

再度、ふたりの顔を見てから克代がインターフォンを押す。すぐに女性の声で応答があった。

「はい、もものき療育園です」

「お忙しいところ恐れ入ります。わたくしふたば保育園のものですが、横川《よこかわ》先生はいらっしゃいますでしょうか」

「ああ、はい、ご見学のかたですね。どうぞお入りください」

かちりと音がしてオートロックのガラス戸が開いた。礼を言いながらなかへと入る。

入ったところは半円形の三和土になっており、靴を脱いであがったところに靴をしまうための横長の棚が設置されている。棚には、ようやく歩けるくらいになった子のものらしきおもちゃのような可愛らしい靴や、かなり履き込まれたそれよりだいぶおおきなスニーカーなどが並んでいた。

その下駄箱の並ぶちいさなホールに、四十代後半と思える白髪交じりの髪を後ろでひとつにまとめたふくよかな女性が、穏やかな笑みを浮かべて立っていた。

「お待ちしていていました。園長の横川と申します」

「わざわざありがとうございます。今日はよろしくお願いいたします」

「いえいえ、見学は大歓迎ですよ。さあどうぞ、お上がりください」

横川にいざなわれ、三人は靴を脱いで青いスリッパに履き替えた。

「今日は掛川大翔くんのようすをご覧になりたくていらしたんですよね」

園長の問いに克代が頷く。

「いまちょうどお昼寝が終わって、午後の自由遊びの時間です。さ、こちらですよ」

横川が先頭に立ち、園内を進んでいく。

広い廊下には両側に手すりが配置されている。車椅子の子どもに配慮してか、廊下には段差がなかった。園内は清潔で、ちりひとつ落ちていない。手すりがなければごく普通の保育園に思える。

廊下には園児の描いたものだろうと思われるクレヨン画が貼ってある。円をひたすら重ねたもの、虹のような豊かな色彩でいちめん彩られたもの、ひとらしきすがたがびっしり並ぶもの——どれも個性豊かで思わず銀治は見入ってしまう。

横川が、進んですぐ右手にある部屋の前で立ち止まった。静かにドアを開ける。

「どうぞお入りください」

「ここはなんのための部屋ですか」

克代が尋ねる。

「一時療育室です。パニックを起こしてしまったり、そわそわしてほかの子どもと関わるのが難しくなったお子さんを落ち着かせるためのお部屋です。大翔くんはこの部屋に隣接した幼児療育室でいま過ごしています」

横川がぐるりと手で室内をしめす。

銀治は室内を見渡した。壁は柔らかそうな素材でできており、絵本やブロック、それにおままごとセットなどがカラーボックスにきちんと収納されている。

目を引いたのは、隣の部屋に通じているであろう両開きのガラス戸が一面段ボールでふさがれていることだった。段ボールのところどころには数センチほどの横長の穴が開けられてある。

「この段ボールと穴はなんですか」

銀治が問うと、横川園長がおいでおいでというように三人を段ボールの前まで呼んだ。

「ここに通うお子さんは、知らない人や話し声にとても敏感です。なのでこうやってガラス戸を段ボールでふさいでそこに覗き穴を作り、ここから隣の部屋を見てもらうしくみになっています」

なるほど、それなら子どもたちにこちらのすがたを見られる心配はない。緊張を与えることなくようすを見ることができるだろう。

「さあどうぞ、ご覧ください」

「ありがとうございます」

克代が礼を言ってから覗き穴のひとつに目をあてた。池田がそれに倣い、銀治も穴の前に立った。

大翔は楽しく過ごせているだろうか。緊張する気持ちを抑えて、覗き穴から隣室を見やる。

部屋には十人ほどの園児と保育士であろう女性が五人。ミニカーを走らせる男の子、壁際でぼんやり座り込んでいる女の子、保育士に絵本を読んでもらっている眼鏡をかけた女の子——

大翔はどこだ。銀治は狭い覗き穴から室内を見回す。

大翔はすぐに見つかった。銀治はごくりと唾を飲み込む。ほかの子どもたちから少し距離をおいたところでソフトブロックを熱心に組み立てている。

「この部屋にいるのは比較的障害の度合いが軽度な、三歳から五歳の子どもたちです。ただことばを話せる子は大翔くんを含め三人ほどで、あとの子たちは手や表情で気持ちを伝えて来ます」

三人の横に立った横川が穏やかに話し始める。

「大翔くん、元気そうですね」

「……ええ」

克代のことばに池田が頷いた。視線はずっと隣の部屋に向けられたままだ。銀治も、落ち着いた表情で遊ぶ大翔のすがたを見て、まずはひと安心した。

隣室から目を離さず克代が問うた。

「軽度のお子さんでも喋れるのは三人だけですか」

「そうですね。中程度や重度のお子さんになると、ほぼ寝たきりだったり車椅子だったり……

ほんとうに障害の種類と程度は多岐にわたります」

「あの……ラグビーの選手がかぶる帽子みたいなものは、あれは」

「ヘッドギアです。歩行が安定しないお子さんが、転倒したとき頭を打たないようにかぶっています」

横川の返答に池田が神妙に頷く。克代がつぶやく。

「ダウン症のお子さんもいるんですね」

「ダウン症？」

銀治が問い返すと、横川がこたえた。

「染色体の異常で生まれつきの障害です。成長がゆっくりさんだったり、顔つきが似通っていたりします。わかりますか」

言われて銀治は、改めて室内を見回した。

「ああ、確かに。あそこでボールで遊んでいる女の子とミニカーを走らせている男の子、顔がよく似ていますね」

「ダウン症のお子さんの特徴として、鼻が低めで目と目のあいだが広く、つり目がちで全体として顔立ちが平面的なことが多いんです。同じ年齢の子どもと比べると知的な遅れが見られたり、運動能力が低めだったりします」

「……本で読んだり、テレビで見たことはありましたが……じっさいにダウン症のお子さんを見るのは初めてです」

覗き穴に顔をあてたまま池田が口を開く。

「確かに定型発達児と比べると不利なこともありますが……でもダウン症をお持ちのお子さんは可愛いんですよ。穏やかで優しい気性で、根気強く教えれば日常生活のたいていのことはじぶんでできるようになります。成長がゆっくりなぶん、ほかのお子さんたちよりも可愛い時期をいっしょに長く過ごせるので、かえって幸せですとおっしゃる親御さんも多いです」

「そうなんですか……」

「あとはどんな障害をお持ちのお子さんが通われているんですか」

「そうですね、大翔くんのような自閉症のお子さんや発達障害、脳性まひや珍しい遺伝病疾患をお持ちのお子さんもいます。十人いれば十通りの個性があるんですよ」

克代が頷いた。

個性。なるほど個性か。銀治は考える。

障害者というとつい負の面ばかりに目が行ってしまうが、ここに集う子どもたちはみなそれぞれの世界を持ち、いきいきと過ごしているように思える。もしかしたら障害を持って生まれてきたことで、かえって親の愛情を深く受けて日々を送れているのかもしれない。

「……世の中には、いろんなお子さんがいるんですね。わたしいままでまったく知りませんでした。というより……見ないふりをしていたのかもしれません」

両の手で頬を挟みながら池田がつぶやく。克代も、そして銀治も深く頷いた。

そうだ、おれもなにも知らなかった。六十八年生きてきたが、障害のあるひとはじぶんとはまったく関わり合いのない、別の世界の住人だと思ってきた。

だがそれはおおきな間違いだったのかもしれない。同じ時間を生きる『隣人』として、彼らはすぐそばで笑い、泣き、喜び、そして悲しみをともに感じているのだ。銀治は世界がひろびろと広がっていくのを感じる。

「わたしたちにできることは障害を持っているからと遠ざけることではなく、つねに寄り添い、ときに手を貸し、ときに彼らの声を聴いてともに生きること——『共生』なのではないかと、わたしもこの療育園に来てから思うようになりました」

「『共生』……」

克代が横川のことばを繰り返す。

「いまは元気なわたしたちも事故や病気でいつ障害者になるかわかりません。それにさいきんでは高齢化が進んでいて認知症に罹るリスクも増えています。もしそうなればここにいる子どもたちのように、他人の手を借りながら生きていくしかありません。さまざまな生きかたがいまは存在します。そのためにも『多様性』を認め受け入れていく——そんな時代になったのだとわたしは思います」

横川が、静かに語る。三人、思いおもいに頷いた。

「『共生』とか『多様性』ということば、さいきんあちこちで聞かれるようになりました。安易に使われたり、少々聞き飽きた感もあるかもしれません。でもそれらのことばが本来持つ意味はとても豊かで深く、ねっこには大切な観念や想いがつまっているんです。だからつねにこころのなかに留め置いて、なにか迷うことがあったときはそこに立ち返るようにと職員にも常日頃から話しているんですよ」

ともに生きる。共生。多様な生きかたを尊重し、寄り添い、理解するように努める。多様性――そのことばを銀治はなんども頭のなかで繰り返す。

いままでのおれには無縁のことばだった。でもこれからは視野を広げて、完全に理解できなくてもいい、せめて立ち止まって考えることができるようになりたい。六十八年生きてきても、まだまだ学ぶべきことは多いのだ。銀治は想いをあらたにする。

「真知子《まちこ》先生、駐車場できた！」

大翔が両手を上げてソフトブロックのかたまりを指さした。

「ほんとだ、すごいね」

隣にいた女性の女性が拍手をして大翔の頭を撫でた。大翔が得意げに鼻の穴を膨らませ、顔じゅうで笑った。

ああ、この笑顔だ。

とうもろこしをもいだとき、銀治扮するサンタクロースに会ったとき、こちらに向けてくれた晴れやかな、一点の曇りもない笑顔。そんな大翔の笑顔を、銀治は久しぶりに見た思いがする。

と、隣でミニカーを走らせていた大翔よりひと回り小柄な男の子が、手に持っていたミニカーを大翔の作った『駐車場』に突っ込ませた。『駐車場』が崩れる。大翔の顔がみるみる強張る。

泣くぞ。きっと泣いて大暴れしてしまう。銀治は緊張する。

が、すかさずからだを寄せた真知子先生とよばれた女性が、大翔の背中をさすりながら話しかけた。

「どうしたの大翔くん」

「ぼくの駐車場、壊されちゃった！」

甲高い声で大翔が叫ぶ。

「そっか、悔しいね」

大翔がぶんぶんと首を縦に振る。

「悔しい気持ち、先生もわかるよ。せっかくがんばって作ったんだもんね。大翔くんが怒るのは当然のことだよ」

真知子が穏やかに話しかけるが、それでもなお大翔の顔には不穏な気配が張りついている。

「泣いてもいいし、怒ってもいいんだよ。さ、先生のところにおいで」

奇声を上げ、大翔が真知子にしがみついた。大翔のからだを受け止めた真知子がぎゅっと強く抱きしめる。

「大丈夫だいじょうぶ。また新しく作ろう。先生も手伝うから、ね」

大翔が下を向いた。眉は曇ったまま、くちびるも尖ってはいたが、大翔がちいさく頷いた。

「えらい、えらいね大翔くん。よく我慢したね。すごいよ、格好いいよ」

女性に頭を撫でられて、ようやく大翔の顔に笑みが戻った。

銀治と同じく、大翔を見つめていた克代が詰めていた息を吐き出した。

「……さすがですね。もしうちの園だったら大爆発しているところです」

「真知子先生は指導員の資格を持っていますから。もううちでかれこれ三年近く働いてくれているので、子どもたちの信頼も篤《あつ》いんですよ」

「みなさん指導員なんですか」

「指導員は真知子先生ともうひとり、奥にいる女性です。あとの三人は保育士さんですね」

「専門家ぞろいなんですね」

「いえいえうちでもしょっちゅうパニックや小競り合いは起こりますよ。もし大翔くんが変わって見えたのなら、それは彼が成長した証《あかし》だということです」

大翔に合った適切な療育か。銀治は考える。大翔に必要だったのは、そういう機会を持つことだったのかもしれないな。

もちろんごく普通の保育園で同じ年齢の子どもたちと過ごすことも、大翔の成長には欠かせないものだったに違いない。けれどふたたび保育園ではほかの子に合わせて行動をし、生活しなくてはならない。それは大翔にとって、かなり重い荷でストレスのかかることだったのではないだろうか。

「横川先生」

出入り口のドアが開き、若い女性が顔を覗かせた。横川が三人から離れ、女性のもとへと足を運ぶ。女性がなにごとか耳打ちをした。横川が頷く。

「そろそろ見学を終わりにしてもよろしいでしょうか。じつは会っていただきたいかたがいるんです」

「会ってほしいかた？」

克代が首を傾げる。

「とりあえず部屋を出ましょう。さ、どうぞ」

にこやかにほほ笑む横川にいざなわれ、三人は部屋をあとにして廊下に戻る。

女性がひとり、こちらに背を向けて廊下に立ち、壁に貼られた子どもたちの絵を見つめていた。

「お待たせいたしました」

横川が声をかけた。女性がゆっくりと振り向く。立っていたのは大翔の母親である掛川であった。

「掛川さん……」

池田の息を呑む気配がした。

「お久しぶりです、克代先生、銀治先生、そして池田さん」

掛川が頭を下げる。

「こちらこそ……ご無沙汰してしまって……」

克代の声に戸惑いの色が混じる。

「今日、お三人が見学に来ると横川先生から教えていただいて、それでぜひお会いしたくて、お迎えの時間を合わせました」

掛川の声はどこまでも穏やかだった。いや声だけではなく顔も、そしてまとう雰囲気も、保育園時代とは違って、どこか余裕すら感じさせる。

「大翔くん……お元気そうでほんとうによかったです」

克代の声に掛川が頷いた。

「どうしても大翔の障害を受け入れきれずにいたんですが……こちらの園に通わせていただくようになって、先生がたの勧めもあって……初めて発達の専門のお医者さまに診ていただくことにしたんです」

「それで、いかがでしたか」

克代が落ち着きを取り戻した声で問う。

「……自閉症と、軽度の知的障害と診断されました。お薬も少量ですが出していただいて、それを服用するようになってから大翔の行動もだいぶ落ち着きました。わたしもそんな大翔のようすを見てようやく……決心がつきました」

「決心、ですか」

掛川がゆったりと三人を見回す。

「……じつは小学校をどうするか、ずっと悩んでいたんですが……大翔のことを考えて、特別支援学校に入学させることにしました」

「……特別支援学校……」

銀治は思わず繰り返した。掛川が銀治に視線を向け、静かにほほ笑んだ。

「銀治先生、いろいろご心配をおかけしました。あのあといろいろ考えて……通常級に通わせたいというのはわたしの見栄《みえ》や世間体のせいで、けっして大翔のためではないんじゃないかと思い始めたんです。大翔にとってなにがいちばんいいのか、どうしたら楽しい毎日を過ごさせてあげられるのか……ひいては光喜にとっても幸せにつながる道はなんなのか……考えにかんがえたうえで、この決断をしました」

掛川の声はあくまでも穏やかだったが、そのなかに凜《りん》、とした一本の芯のようなものを銀治は感じた。

「……さぞ、悩まれたでしょうね……」

池田がひとり言にもとれるつぶやきを発した。掛川がかすかに首を傾げる。

「そのせつは池田さんにも蓮くんにもご迷惑をおかけして申し訳ありませんでした。もっとはやく、診断を受けるべきだったのかもしれません」

「いえ、そんなことは……」

「この療育園で過ごしている大翔はほんとうに楽しそうでいきいきとしていて……『これでよかったんだ』と思えるようになりました。でもね、池田さん」

「……はい」

「そう思えるようになったのは、やはりふたば保育園で経験したいろんなことがあったからだと思うんです。だからやっぱり……ふたば保育園に入園して、蓮くんはじめたくさんのお友だちと過ごせたことは、大翔にとってもわたしにとっても大切な時間だったといまは思えます」

池田が、すくいあげるように掛川を見た。掛川がこくりと首を振る。

「掛川さん……さぞ大変な思いをなさったでしょうね。おちからになれず……ほんとうに申し訳ありません」

克代がふかぶかと頭を下げる。

「いえ、こちらこそいろいろご迷惑をおかけしました」

そうみなに告げる掛川の顔に微塵《みじん》も迷いは見えなかった。そのすっきりとした表情を見て、銀治はまるで雲に覆われた空が、みるみる晴れ渡っていくようなこころもちを覚える。


三月も残すところあと二週間となった。卒園式は三月二十二日の土曜日。保育士たちは卒園や入園式のリハーサル、それに進級する新しいクラスの準備で、みな忙しく立ち働いている。銀治も飾りつけや備品の製作の仕事を頼まれ、色画用紙で花を折ったり、新しいネームプレートをラミネートして作ったりと、慣れぬ手作業に追われた。

療育園を訪ねて以来、克代のようすはすっかり変わった。大翔ののびのび生活するすがたと母親である掛川の笑顔を見て、こころにつかえていたものが取れたらしい。本来の芯の強さ、厳しくも温かい指導がよみがえってきていた。

「銀治先生、おむつを捨てる場所、また間違えてますよ」

「ひとみ先生、アレルギーを持つお子さんへのおやつは最後に出すってなんども言いましたよね」

はいはいすいませんねと頭を下げながらも、銀治はどこかほっとした思いでいた。

ひとみも同じ思いらしく、克代に叱られたあと、銀治に向かい、おどけてちょろっと舌を出してみせた。

克代に暗い、消極的な顔は似合わない。びしびしと的確に指示を出し後輩を指導し、子どもたちを見守る。そんな克代の本来の姿が戻ってきたことはこころから嬉しかったし、篠原園長やほかの職員も同じように感じているように思えた。

いっぽうの池田はというと克代と正反対で、蓮のお迎えに来てもなにごとかじっと考え込んでいるようすがよく見られた。帰りがけ、同じぞう組の保護者と輪を作り、小声でひそひそとなにかを話しあっていることもしょっちゅうあった。気になった銀治は紋太の迎えに来た啓介に、「池田さんはいったいなにを話しているんですか」と聞いたこともあったが、啓介はとくに表情を変えることなく、

「さあ、ぼくはなにも知りませんけど」と言うばかりだった。

なんだろう、今度はなにを企《たくら》んでいるのだろう。

いや、それはおれの考えすぎかもしれない。大翔の落ち着き先が決まったいま、池田が大翔のことであれこれ悩む理由はないはずだ。

池田のようすが気になりながらも、銀治はあえて問いかけることはせず、静観していようと決めた。

その日も午後、卒園式の練習を一通り終わらせて、四時過ぎ、ようやく自由遊びの時間がやってきた。

「みんな、今日もがんばりましたね。園庭で遊びましょう。なにがいいかな」

「ドッジボール！」

ひとみの呼びかけに、紋太が勢いよく手を挙げた。

「みんな、ドッジボールでいい？」

「うん、いいよ」

「もう部屋のなか、飽きた」

「早くやろうよひとみ先生」

「じゃあドッジボールをしましょう。みんな並んで園庭に行きます。一列になってまず靴を履いてください」

「はい」

「やったぁ」

「行こうよ」

子どもたちの歓声が上がる。

「銀治先生、すみませんが子どもたちを見ていてくださいますか。わたしと克代先生、まだやらなきゃならない作りものがあって」

「いいですよ」

ひとみに頼まれた銀治は軽い気持ちで頷いた。

ときおり吹く風はまだ冷たさが残るが、日差しは暖かく、全身のこわばりが溶けていくようだ。子どもたちも大半は半袖短パンすがたで、冬が終わり、春が訪れたことを物語っているようだった。

紋太を始め、ぞう組の子どもたちはすでに靴を履き、園庭に散っていた。さすがにあと半月で小学生とあって、てきぱきとチームを分け、物入れからボールを取り出し、地面に白線で引かれたそれぞれの陣地に陣取っている。

「最初はグー、じゃんけんぽい！」

紋太の音頭で紋太と空のリーダーどうしがボールをめぐってじゃんけんする。結果、紋太の負けとなり、ボールは阿部空の手に渡った。銀治は空のチームに入り、外野としてボールを待つ。

「行くよー！」

空が元気な声を上げ、ボールを紋太たちに向けて投げる。上手いこと受け止めた紋太がボールを投げ返した。みな器用にボールを避けて、前後左右に走っている。ボールが銀治の目の前に転がって来た。ひょいとすくいあげ、紋太めがけて放る。避けそこなった紋太にボールが当たった。

「銀治先生、やったあ」

「先生、内野入って内野」

子どもたちに促され、銀治は白い枠線のなかに入った。とたん、それまで背にしていた園の出入り口付近になにか赤っぽいものがひらめいているのが見えた。

なんだろう、あれは。セーターか、それともコートか？　早めにお迎えにきた保護者だろうか。銀治はよく見ようと目を凝らすが、門柱のかげになってはっきりとは見えない。気になってつい立ち止まると、長谷川浩一郎の鋭い一撃が銀治を襲った。

「なんだよーもう銀治先生当てられたの」

空が呆れたような声を出した。

「先生はでかいし、とろいから当てるの簡単なんだよね」

腕を胸の前で組んだ浩一郎が得意そうに言う。

「はいはい。みんながんばろうな」

参ったまいったと降参のポーズを取ってから銀治はふたたび外野へ回る。視界から赤いものが消える。

そうして二十分も遊んだろうか。ひとみが教室から声をかけてきた。

「みんなーそろそろ時間だよ。靴を脱いで手を洗ってから、帰りのお支度をしましょう」

「えーもう終わりなの」

紋太が不満そうに両手でボールをくるくる回す。

「また明日やろう。な」

銀治が肩をたたくと不承ぶしょうという顔つきで紋太が頷く。ぱらぱらとぞう組の子どもたちが教室へ戻っていった。

「銀治先生、ちょっといいですか」

ボールを物入れに片付け、じぶんも教室に戻ろうとした銀治は篠原園長から声をかけられた。

「あ、はい、なんでしょう」

篠原園長は銀治の顔を見つめてから、園の出入り口へ向かう。錠前を外し、どうぞというように門扉をおおきく開けた。

まず赤っぽいものが見え——付き添うように立つひとかげとともに園内にゆっくりと入って来るのが見えた。

あれは。あれはもしかして。

銀治の動悸が早くなる。口のなかが乾いてゆくのを感じる。

赤っぽいと思ったものは車椅子に乗る陽子のひざ掛けで、もうひとつのひとかげは別れた妻、律子だった。

車椅子を押しながらゆっくりと律子と陽子が近づいてくる。陽子の顔色は妙に白っぽく、座っていても腹部がおおきく膨らんでいるのがわかる。それでも陽子の視線は揺るがず、まっすぐに銀治を見つめてくる。

陽子、それに律子。ふたりがなぜここに。

銀治の思考がくるくると空転する。

「お仕事中に無理を言ってすみません」

律子が頭を下げる。

「いえいえ、よくいらっしゃいました」

「お話は銀治先生からよくうかがっています」

いつのまに来たのだろう、克代とひとみが揃って立ち、律子と陽子を迎えた。

「あの……いったい、これは……」

それだけのことばを銀治はなんとか絞り出す。

「銀治先生のもとの奥さま——律子さんからお電話をいただいて。お嬢さまの陽子さんが、ぜひとも銀治先生の働いているところを見たいとおっしゃっていると。それで……」

「……園長先生に無理言って来ちゃったの。驚かせてごめん」

押しだされた陽子の声はひび割れ、掠れていた。それでも瞳にはちから強い煌《きら》めきが見え、陽子が必死で生をつないでいることが伝わって来る。

「陽子……」

銀治はなかば無意識に娘の名を呼んだ。こたえて陽子がひとつちいさく頷いた。細い首に血管が浮き上がって見える。

ああ、また痩せたみたいだ。顔色も以前より悪くなっている気がする。銀治は心臓をぎゅっと摑まれ、握り潰されるような感覚を味わう。

神さま、どれだけ陽子に苦しみを与えれば気が済むのですか。どうか陽子の苦しみを取り除いてください。代わりにおれの命を差し出しますから——

「じゃあわたしたちはこれで」

「どうぞゆっくりしていってくださいね」

ひとみと克代、それに篠原園長は互いに頷き合うと園舎に戻って行った。あとには三人だけが残される。

「体調は……どうだい」

ねじ切れたままの心臓がばくばくと音を立てている。胃のあたりが、しん、と冷え切っている。ともすれば震えそうになる指さきに銀治はちからを込めた。陽子ががんばっているのに、おれが腑抜《ふぬ》けてどうする。しっかりと陽子を受け止めてやらなくては。

陽子が銀治を見上げ、目を細めた。

「今日はだいぶ楽だよ」

「よくここに来られたな」

「主治医の先生に頼んで、午後だけ外出許可をもらったの」

「そうか……」

乾いた風が吹き、園庭に砂埃が立つ。三月半ばの温かい日射しが三人を照らす。園舎からにぎやかな子どもたちの声が響いてくる。

どこにでもある日常の風景だったが、その風景のなかに病み衰えた陽子が存在することで、銀治はまるで夢のなかにいるような不思議なこころもちを覚える。

陽子が園舎に目を向けた。

「あったかい感じの保育園だね。それにドッジボールのようすずっと見てたけど、子どもたちみんな笑顔で『銀治先生、銀治先生』って……まさかほんとうに子どもの相手ができてるとは思わなかったよ」

「ああ、まあその、さっきの克代先生やひとみ先生に助けられてだな、こんなおれでもなんとか」

銀治は頭を掻いた。そんな銀治を律子が目を細めて見ている。

「エプロンすがたなんて初めて見たけどけっこう似合ってるじゃん」

「いやいやいや」

照れくさくなった銀治は丈が微妙に短いエプロンの裾を下にひっぱった。

「……なんかすこし安心した」

「そうか？」

「うん……ほっとした」

「……そうか」

陽子の声は低く細いが、揺るがぬ強い意志を感じる。

陽子はいま必死に病と闘っている。おれにできることはないのだろうか。わずかでもいい、陽子の苦しみや痛み、こころ細さを引き受けてやりたい——銀治はこころの奥底から願った。

陽子が面を上げ、園庭をぐるりと見回した。

「桜がたくさん植わってるんだね。満開になったらさぞ見事だろうね」

「え、これ桜なのか」

銀治は園庭を囲むフェンスに沿って植えられている樹々を見渡した。そういえば枝のさきにまるっこいつぼみのようなものが見える。つぼみはうっすらと紅《あか》く染まっていた。

「やだ、気づいてなかったの」

「樹や花のことは、まったく疎くてな」

「……らしいね」

陽子が囁いた。

風が吹く。固いつぼみをまとった桜樹が枝を揺らす。

銀治はひとつ深呼吸してからことばを押しだした。

「なあ陽子、桜が咲いたら三人で花見をしよう。病院にも桜が植わってるって言ってたろう。遠くへ行かなくてもきっと」

「……そうだね。見られたらいいね……」

陽子がそっと目を閉じた。律子が腰を屈め、陽子の手を撫でさする。

この半年で律子もずいぶんとやつれてしまった。おれひとりが輪の外側にいて、ふだん通りの生活をしているんだ。申し訳なさに銀治のこころは沈む。

「……律子、すまない。おまえひとりにすべて任せてしまって……」

「いいのよ。だって陽子は……わたしの大切な一人娘だもの」

律子が顔を上げずにこたえた。

そうだ、律子と同じように、おれにとっても陽子はかけがえのない、たったひとりの娘だ。その娘が遠いとおい、手の届かぬ場所へ旅立とうとしている。そばにいてやりたい。陽子の息遣いを近くで感じていたい――

寄り添って立つふたりのすがたを見ながらとうとつに銀治は思う。

このまままた三人で暮らすことはできないものだろうか。

陽子の看病をしながら、律子と同じ屋根の下で暮らす――

きっと叶わない望みだろうと思うものの、銀治はその思いを打ち消すことができない。

一階ホールにあるピアノがメロディを奏でだした。

『おかえりのうた』を元気に歌う声が、風に乗り三人のもとへと届く。

歌声は風とともに、どこまでもどこまでも響いてゆく。


陽子が保育園を訪ねて来てくれて以来、銀治は毎日仕事終わりに病院へ通い、陽子を見舞うようになった。

体調は日によってさまざまで、話ができる日もあれば、ただひたすら目を閉じ、ときに苦しそうな声を上げるような日もあった。陽子の容態がよければ歓喜し、悪ければただひたすら不安と恐怖のなかで耐える。

さぞ苦しかろうな。おれが代わってやりたい。がんばれ、がんばれ陽子。

念じているうちに涙が浮かんでくる。そのたび銀治は、陽子は必死に病と闘っている、おれが負けてどうするとおのれを奮い立たせた。

負けるな、逝かないでくれ陽子。拳で涙を拭いながらこころのなかで陽子に呼びかける。

それでもなお命尽きる日が近いとしたら、どうか神さま、少しでも陽子が穏やかに日々を過ごせますように。

陽子の筋張った手を握りしめ銀治は祈る。

骨ばった手は冷たく、血の気が引いて青白く見える。こんなに痩せてちいさくなって。おれの命を削ってでも陽子に生気を分け与えたい。

銀治は面会時間ぎりぎりまで病室に残って陽子のからだをさすり、時に声に出して励ました。

病室の窓から見える桜樹のつぼみはほんのり色づいているものの、まだまだ固く、花開く気配はみえない。

桜の花咲く景色を陽子に見せてやりたい。桜樹を見上げながら銀治は強く願う。

そして三月二十二日、ついにふたたび保育園の卒園式が開かれる日がやってきた。


今年は桜が遅いな。冬が寒かったせいだろうか。

卒園式の会場となるホールの窓から銀治は園庭の桜を見渡す。咲いているのはまだ一輪、二輪ほどで、ほとんどのつぼみはまだ固く閉じたままだ。

空には薄い雲がかかり、その雲の切れ間から青空が顔を出している。

陽子の病室から見える桜もほころび始めただろうか。満開の桜を陽子に見せてやりたいな。

そんなことを思いながら銀治は園庭から目をはずし、こんどはホールのなかに視線をうつした。

保護者は全員揃ったようだ。久しぶりにスーツを着、ネクタイを締めた銀治は、ホールをぐるりと見回した。

池田がいる。舞や阿部空、長谷川浩一郎たちの保護者、それに紋太の父親である啓介も、園児の対面に設けられた、ガラス戸を背にした椅子に座っている。保護者は男女ともみなスーツすがたで、緊張したおももちをしていた。

銀治と目が合った啓介がちいさく頭を下げた。啓介の横に座る紋太の母親も同じように会釈する。銀治は軽く頷くように顎を引いた。

銀治の席は保護者席のいちばん隅、出入り口に近いところにあった。

「いよいよですね」

隣に立つ水色の着物に紺の袴《はかま》すがたのひとみが緊張した声で囁いた。黒いスーツを着た克代が頷く。

「みんなだいじょうぶかな、ちゃんとお別れのことば、言えるかな」

「あんなに練習したんだもの、だいじょうぶよ」

克代が前を向いたままこたえる。銀治も頷いて、ピンク色の画用紙に印刷された式次第に目を落とす。

まずは卒園児の入場、それからさんざん練習した『お別れのことば』。そのあとに卒園証書授与となっている。

午前十時ちょうど、若い保育士がホールの出入り口に立った。

「お待たせいたしました。それでは第二十四回、ふたば保育園の卒園式を始めたいと思います」

保育士の声に、保護者たちが神妙な顔で頭を下げる。ピアノの前に座った保育士が、メロディを奏で始めた。曲はカノン。やさしい旋律がホールをみたしていく。

「卒園児の入場です。みなさん拍手でお迎えください」

拍手が巻き起こる。その拍手のなか、一列になったぞう組十四人の子どもたちが緊張感を全身に張りつけて入場してくる。

入場は、入園時の月齢順、つまり四月生まれの子どもが先頭だ。四月生まれ、五月六月とつづき七月生まれの紋太がホールに入って来る。いつものやんちゃぶりは鳴りを潜め、ジャケットに半ズボン、蝶《ちょう》ネクタイを結んだ紋太はずいぶんおとなびて見えた。紋太の後ろには十月生まれの舞。ふわりとしたピンク色のワンピースすがたが愛らしい。

みんな、ずいぶん成長したなあ。去年七月からのたった八か月の付き合いだが、それでも子どもたちの成長ぶりには目を瞠《みは》るものがある。堂々と胸を張り、ホールに踏み入ってくる子どもたちを見ながら銀治は頼もしさを覚えた。

紋太のあと、舞の前、本来ならここに九月が誕生月の大翔が入るのだが、もちろんそのすがたはない。一抹の寂しさを銀治は感じる。

大翔にも卒園式に出てほしかった。晴着を身にまとい、いつもの笑顔を浮かべる大翔のすがたを見たかった。叶わぬ願いと知りつつも、銀治はその思いを拭えない。

入場が終わり、全員が席に着いた。

「それでは『お別れのことば』を始めたいと思います。ぞう組さん、起立」

声に合わせ、全員がさっと席から立ち上がる。ふたたびピアノが鳴り出した。克代が紋太に向かって頷く。紋太がおおきく息を吸った。

「春。きりん組からぞう組になった。いちばんおおきなお兄さんお姉さんになった」

「みんなで朝顔の種を植えた」

「おおきくなあれと言いながら毎日お水をあげた」

紋太につづいてひとりずつ順番にことばをつなげていく。

がんばれ。練習した成果をお父さんお母さんにみせてあげるんだ。銀治はこぶしを握り締める。

「夏。ミニ運動会のダンス。いっしょけんめい練習をした」

「まちがったらどうしようって心配だったけど、とても上手にできた」

「夏祭りでお店屋さんを開いた。きりん組さんと協力していろんなお店をだした」

「折り紙で作った手裏剣のお店」

「お面やさん」

「スーパーボールすくい」

「りす組やうさぎ組のお友だちがよろこんでくれて嬉しかった」

つぎつぎに披露される『お別れのことば』を、保護者たちが前のめりになって食い入るように見つめている。

「秋。お泊り保育」

「おおきなとうもろこしをたくさん採った」

「ゆでてもらって食べたとうもろこし」

「とってもおいしかった」

「ダンス発表会」

「ソーラン節をみんなで踊った」

「かっこよく踊るにはどうしたらいいか、みんなで考えた」

「お父さんやお母さんの拍手が嬉しかった」

「がんばってよかったねってみんなで言い合った」

「冬。クリスマス会」

「サンタさんが来てくれた」

「すてきなプレゼントをサンタさんからもらった」

ぞう組の子どもたちの視線が銀治に集まる。

そうだ、あの日、いろいろあったけど楽しかったな。プレゼントを渡したときのみんなのうれしそうな顔。きっとおれは一生忘れない。銀治は目頭が熱くなってくる。

銀治の横ではひとみがハンカチでまぶたを押さえており、克代はというと固く結んだくちびるをふるふると震わせている。保護者のなかにも鼻をすすり上げたり、指で涙をぬぐうしぐさが見られた。

「そして今日、卒園式」

舞が告げる。

「毎日楽しかった保育園ともお別れ」

「先生ありがとう」

「おともだちありがとう」

「お父さんお母さん、雨の日も暑い日も寒い日も送り迎えしてくれてありがとう」

「仕事で疲れているのにごはん作ってくれてありがとう」

「いろんな絵本を読み聞かせしてくれてありがとう」

一拍の間を置き、全員が声を揃える。

「六年間大切に育ててくれてありがとう」

保護者のあいだから嗚咽が漏れる。銀治ももはや流れ出る涙を止めることができない。

「わたしたち一年生になります。ふたば保育園で教わったことを忘れずに、元気で明るい一年生になります」

ふたたび一拍の間。

「さようなら先生。さようならお庭の木。さようならお砂場。さようならふたば保育園」

保護者の嗚咽がどんどんおおきくなる。涙で霞《かす》む目で銀治は子どもたちを見守る。

ピアノが鳴り出した。子どもたちが互いに手をつなぎ合う。

いつのことだか　おもいだしてごらん
あんなこと　こんなこと　あったでしょう
うれしかったこと　おもしろかったこと
いつになっても　わすれない

声を張り上げ、誇らしげに胸をそらせて歌う『思い出のアルバム』。銀治は両の指で流れ出る涙をぬぐった。

啓介が泣いている。池田もほかの保護者たちも、あるものはハンカチを握りしめ、またあるものは涙を拭おうともせずに歌う子どもたちを見ている。

歌が終わった。子どもたちが着席する。落ち着くのを待って、司会役の保育士がマイクに語りかけた。

「つづいて卒園証書授与にうつります。園長先生、お願いします」

頷いて、紺色のスーツに身をつつんだ篠原園長が居並ぶ園児たちのむかって右手、保護者席のいちばん隅に設置されたマイクの前に立った。ピアノからふたたびカノンのメロディが流れ始める。

「大沢理央《おおさわりお》さん」

「はい」

四月生まれの子どもが立ち上がり、ぎくしゃくとした動きで園長の前に移動した。園長が証書を読み上げ手渡していく。

「卒園おめでとう理央さん。いつも年下のお友だちに優しくしてくれてありがとうね」

園長のことばに、理央が頬を赤く染めた。会場から拍手が巻き起こる。五月生まれ、六月生まれの子とつづき、七月生まれの紋太が呼ばれる。

「平岡紋太さん」

「はい！」

元気な声を上げ、紋太が園長の前に立った。

「卒園おめでとう紋太さん。元気で明るい紋太さん、小学校に行ってもその明るさを忘れずにがんばってください」

「はい！」

紋太が誇らしげに胸を反らせた。啓介が涙を堪《こら》えるように顔を上に向けた。紋太の母親が、そんな啓介の手を取り、ぽんぽんと軽く叩く。

紋太ならきっとだいじょうぶだ。小学校に上がっても、日々毎日を楽しく過ごせるに違いない。銀治は笑顔を浮かべながらおおきく拍手をした。

紋太のあとにつづくのは十月生まれの舞、そしてそのつぎが浩一郎——のはずだったが、なぜかそこで篠原園長は子どもたちの名を呼ぶのをやめた。

どうしたんだ、なぜつづけないんだ。銀治は不審に思い、克代に視線を送る。だが克代もひとみも銀治と同じく戸惑った顔をしていた。

「どうしたんでしょう」

ひとみがふたりに囁く。

「わからない。次は舞ちゃんのはずなんだけど」

克代が眉間に皺を寄せ、園長を見た。

手違いでもあったのか。まさか証書が用意されてないとか。銀治のこころに不安が広がっていく。

三十秒ほど経ったころだろうか、篠原園長がおもむろにホールの出入り口に視線を向けた。

んんっと喉を鳴らしてから、ひときわおおきな声で呼ばわる。

「掛川大翔さん」

「はい！」

大翔？　大翔だって？

驚いて銀治も出入り口を見つめた。そこには紺色の長ズボンに同じ色のジャケットを合わせた大翔、そしてその後ろにはまっすぐに前を見つめる淡いグレーのスーツを着た掛川のすがたがあった。

保育士たちがざわめき始める。

「大翔くん……」

「な、なんでここに」

克代とひとみの声が上擦る。

「銀治先生、なにかご存知ですか」

「いやわたしもなにも」

どういうことだろう。なぜ退園した大翔が卒園式に。

銀治を含め、保育士みなの困惑をよそに、大翔が堂々とした足取りで篠原園長の前に立った。

園長が証書を読み上げる。

「卒園証書。掛川大翔さん。あなたはふたば保育園で六年間、お友だちとたくさん遊び、運動会やダンス発表会をがんばりました。ここにふたば保育園での六年間の保育を受けたことを証し、卒園証書を授与します——卒園おめでとう、大翔くん」

「ありがとう！」

堂々と胸を張った大翔が証書を受け取る。篠原園長が呼びかけた。

「これからも笑顔の素敵な元気な大翔くんでいてくださいね」

「うん！」

大翔がおおきく頷いた。

保護者席からいっせいにおおきな拍手が巻き起こった。いや保護者だけではない、同じぞう組の子どもたちも立ち上がり、ちいさな手でせいいっぱいの拍手を送っている。

「あのあの……いったいこれは……」

喘ぐように克代が問う。掛川がはにかんだような顔でこたえる。

「……池田さんが園長先生に頼んでくださって……大翔も、ぞう組のおともだちといっしょに卒園できるように、と……」

「い、池田さんが？」

池田が頷いた。

「……いろいろ悩んで考えて……でもやっぱり大翔くんはぞう組の仲間だと……それで保護者のみなさんにもお話をして。みなさん大翔くんが参加することに賛成してくださったんです。

だから……」

池田がすっと席から立ち上がった。ゆっくりとした足取りで大翔の前に向かい、視線を合わせるように腰を折った。

「……卒園、おめでとうね大翔くん」

「うん！」

大翔の笑顔がはじけた。

蓮が席を立ち、大翔に駆け寄った。

「ひろくんおめでとう！」

「ひろくんのシャベル、取ってあるよ」

「また遊ぼうよ」

「こんどイルカ公園に行こう」

蓮につづくように、紋太が空が浩一郎が舞が——ぞう組の子どもたちが大翔を取り囲むように集まった。ふたたび温かい拍手が起こる。掛川が両手で顔を覆い、肩を震わせる。そんな掛川の背を、池田がそっと撫でた。

ひとみが声を上げて泣き始めた。ハンカチで顔を覆った克代の胸が波打つ。

大翔くん、よかった、よかったなあ。

銀治は頬をつたう涙を拭うことすら忘れ、ひたすらに、ただひたすらに目の前の光景をみつめつづけた。

三月が駆け足で過ぎてゆく。

陽子が息を引き取ったのは、卒園式から三日目め、三月二十五日の午後のことだった。

「いよいよかもしれない」という主治医の話を律子から伝えられた銀治は、園長や克代、ひとみに事情を伝えて休暇を取ることにした。年度末のいちばん忙しい時期だったが、保育園の職員はみな温かく了承してくれた。

銀治は着替えだけを持ち、一日じゅう陽子の病室で過ごした。陽子は個室に移っていたが、さいわいにもその部屋の窓からでも桜樹を見ることができた。

太い幹を持つ桜樹の枝にははんぶんほど花が開いており、残りはんぶんはいまだつぼみのまだ。けれどつぼみもほろりとほころび始め、淡い桃色の花弁を覗かせている。

桜を陽子に見せてやりたい。あんなに楽しみにしていた桜の花だ、ひとめだけでも陽子に——

銀治は切に願ったがすでに陽子が目を開くことはなく、さまざまな医療器械につながれたからだはやせ細り、顔色は真っ青でくちびるからは色が失われている。手の甲の血管だけが妙に浮き上がってはっきりと見えた。

日々確実に永い旅へと向かっている陽子のすがたを見るたびに、銀治は心臓が締め付けられ、口から飛び出しそうな苦しさを覚える。いま陽子はどんな気持ちなんだろう。辛いかい、痛いかい、心細いかい。おれが近くにいることを許してくれ。残された一分一秒をともに生きよう。

な、陽子――

そして三月二十五日。

「目は閉じていても耳は聞こえているはずです。どうか声をかけてあげてください」

同席する医師からそう伝えられた銀治と律子は、いまにも折れそうな陽子の腕をさすりながら、必死の思いで呼びかけつづけた。

「陽子、陽子ちゃん」

「陽子、桜が咲き始めたぞ。いっしょに桜を見よう、な」

銀治はぱさついてつやのない陽子の髪を撫でた。律子が陽子の両手を握りしめる。

逝くな、おれを残して逝かないでくれ陽子。銀治は必死に祈る。

おれにはおまえに話したいことがまだ山のようにある。疎かにしてきたこと、浅はかだった振る舞い、いまだからようやくわかったこと――伝えたいんだ、そしてともに思いを分かち合いたい――

心電図の波形が徐々に間隔を開け始めた。医師が聴診器を陽子の胸にあて、視線を銀治と克代に送って来た。医師の思いを汲み取った銀治は、目を瞑り、天を仰ぐ。

最期にこのことばだけは。目を開き、陽子の両手をみずからの手でくるむように握りしめた。耳もとにくちびるを近づけ、ひときわおおきな声で呼びかける。

「陽子、いままでありがとうな。おれは……だめな父親だったけれど、陽子と巡り合えてほんとうに幸せだったたよ。たくさんの喜びをありがとう陽子」

ぴくり。陽子のまぶたが震え、うっすらと開いてゆく。

「陽子ちゃん！」

「陽子！」

陽子が目だけを動かして銀治と律子を見た。くちびるがかすかに動きだす。

「……ありがとう……お母さん。そして……」

すう、と陽子が息を吸った。まなざしが銀治を捉える。

「……さようなら……お父さん……」

「陽子！」

銀治は絶叫する。

呼んでくれた。最期の最期にこのおれを、お父さんと。

ありがとう、ありがとうな陽子。おれをおまえの父親でいさせてくれて、ほんとうにありがとう。

銀治の両目に涙が盛り上がる。律子がちいさくなんども頷きながら、陽子の手をみずからの額に当てた。

陽子が目を閉じる。呼吸がだんだん緩慢になってゆき——最期にひとつ、陽子がおおきく息を吐いた。

ピー。

心電図が完全に平らとなった。医師が聴診器を陽子の胸にあて、それから瞳孔を確認する。

腕時計を見てから医師がしずかに告げる。

「三月二十五日午後二時三十二分、ご逝去されました」

陽子のからだのうえに突っ伏した律子が、なんどもなんども陽子の名を呼ぶ。銀治は冷えて青白い陽子の両手を握りしめた。

よくがんばったな、陽子。おれもきっとそう遠くないうちにそっちへ行く。天国でまた会おう。大声で笑ってくれ。怒ってくれ。叱ってくれ。そして――もういちどだけでいい「お父さん」と呼んでくれ――

風の吹きゆく音がする。

つぼみを携えた桜の枝がゆらり、ゆうらりと揺れた。


陽子の遺体はその日のうちに自宅へと戻って来た。

葬儀社の担当者が淡々となすべきことを為《な》してゆく。

数時間ののち、あわただしい時間が過ぎ去り、ようやく三人だけになれた。

陽子の使っていた部屋に花に囲まれた祭壇が設けられ、はじけるような笑顔の写真が遺影として飾られている。その祭壇の前には、陽子の眠る白い棺《ひつぎ》。棺のうえに供えられた白い百合《ゆり》の花束から、ほのかな甘い香りが漂ってくる。

棺の前で正座をした律子が銀治にむかって頭を深く下げた。

「……いろいろと……ありがとうございました。陽子もきっと……安心して旅立てたと思います」

「こちらこそありがとう。陽子と最期の時間を過ごせて……幸せだったよ」

顔をあげた律子がかすかに頷いた。銀治は棺を見つめる。

陽子、お願いだ。おれに勇気をくれないか。母さんにいまの気持ちを伝える勇気を。

こころを落ち着かせるため、銀治はすうぅとおおきく息を吐いた。思いきって、ずっと考えていたことを伝えようと口を開く。

「なあ律子」

「なんですか」

「あの……いやその……」

律子の両の目がまっすぐに銀治を見つめる。受け止めきれず、銀治の目が泳ぐ。

「いや……なんでもないんだ」

「……そう」

律子が祭壇の遺影に視線を移す。

なにをやっているんだ、おれは。いま話さなくてどうする。銀治はおのれに言い聞かせる。

「律子、あのな」

「はい」

「あの……あのな」

銀治は唾をごくりと飲み干した。渾身の気力を集めて勇気に変える。膝がしらを祭壇から律子のほうへ向けた。

「……やり直さないか、律子」

律子の眉がぴくりと震えた。銀治はくちびるを舐《な》める。

「おれたちももういい歳だ。これからさき、いつなにが起こるかわからない、だから、だから……」

無言のまま律子が銀治へと顔を向けた。こころを落ち着かせるため、銀治は深呼吸する。

「……残りの人生、もういちど手を取り合って暮らさないか」

銀治は律子の痩せて骨ばった顔を見つめ、必死の思いでことばを紡ぐ。

「ほんの少しだったけれど、陽子やおまえと過ごした時間はほんとうに楽しくて、幸せで……宝もののような日々だった。だから頼む、もう一度だけ……やり直すチャンスをくれないか」

律子が額に指をあててうつむき、目を閉じた。

数十秒にわたる長い、間。

銀治は祈るような気持ちで律子の返事を待った。どうか「うん」と言ってくれ。もうおれにはおまえしかいないいんだ。

やがてゆっくりと目を開けた律子がちいさいけれども、はっきりした声でこたえる。

「……わたしはこのままでいい。いえ、このままがいいの。これくらいの距離があったほうがお互いやさしくなれる気がする」

「やっぱり無理か」

「距離があるからこそ相手を大切に思い合える、そんな関係もあるんじゃないかしら」

そうこたえる律子の瞳には、揺るぎのない強い光が宿っている。

律子、変わったなあ。

正面から律子を見つめてあらためて銀治は思う。

姑《しゅうとめ》だったトシ子にあれこれと厳しくなじられ、うつむいて涙を滲《にじ》ませていたときとはまるで別人のようだ。それだけいままでに起こったさまざまなことがらが、律子を強く、たくましくしたのだろう。

「また陽子に会いにきてやってくださいな。きっと陽子も喜ぶと思うわ」

律子が静かに笑みを浮かべる。銀治は頷いて棺に視線を移した。

——振られちゃったね、お父さん——

棺のなかで横たわる陽子がいたずらっぽい笑みを浮かべたような気がした。


「銀治先生、椅子のセッティング、終わりましたか」

水色のスーツすがたのひとみが、ホールで立ち働く銀治に声をかけた。

「ああ、終わってるよ、あとはなにをしたらいい？」

「じゃあ窓を開けて、換気しておいてください」

頷いた銀治は、ホールのおおきな掃き出し窓を全開にする。とたん、赤ん坊たちの泣く声がホールへと流れ込んでくる。

薄曇りの空のした、やさしい南風が吹き抜けてゆく。甘い香りのする空気を、銀治は胸いっぱいに吸い込んだ。

四月一日、きょうはふたば保育園入園式の日だ。新たに入るゼロ歳児は九名、一歳児も六名を受け入れていっきに十五人のクラスとなる。

「うわあ泣いてる、ないてる。だいじょうぶかなあ、上手くできるかな」

泣き声を聞きつけたひとみが、不安そうに眉を曇らせる。

「ひとみ先生ならきっとできるさ。自信を持って」

「銀治先生……」

ひとみがすっと背を伸ばし、右手を差し出す。

「頼りにしています。よろしくお願いします」

「頼りになるかどうかはわからないが……せいいっぱいやりますよ」

銀治はひとみの手を握りしめた。ひとみの手は緊張のためか、冷えてかすかにふるえている。

ひとみが銀治を見上げ。ほほ笑みを浮かべた。銀治は握りしめた手のうえに左手を添え、軽く上下に揺らした。

「そろそろ新入児たちが入って来ますよ。ひとみ先生、玄関まで来てください」

「はい。それじゃ行ってきます、銀治先生」

手をほどいたひとみが、足早にホールを出る。

もういちど、漏れがないかホールを見渡してから、銀治は窓の外を見やる。

園庭に並ぶ桜樹はちょうど盛りを迎え、どの枝えだにも零《こぼ》れ落ちそうなほど花が咲き誇っている。

ざわり。

風が吹く。一片の花びらが風に乗り、銀治のもとへと舞い落ちてくる。

花びらを受け止めた銀治は、春の空を見上げた。

——お父さん、がんばって——

陽子の笑顔が空いっぱいに広がる。

すべてをやさしく包み込むように、柔らかな青い空はつづいていく。どこまでも、どこまでも——

「入園児のみなさん、ようこそふたば保育園へ」

篠原園長のよく通る声が玄関から響いてくる。

よし、そろそろおれも出迎えに向かうとするか。

銀治は手のひらのうえの花びらを、ふう、息を吹きかけて園庭へと戻す。

ふたたび風が吹く。

風と戯れるように花びらはくるりくるりと舞い、四月の空へと吸い込まれていった。

装画
丹下京子

装丁
山下知子

中澤日菜子（なかざわ・ひなこ）

1969年東京都生まれ。慶應義塾大学文学部卒。2013年『お父さんと伊藤さん』でデビュー。同作品は2016年に映画化された。また『PTAグランパ！』はNHKによりドラマ化。2017年にパート1が、好評につき2018年にパート2が放映された。その他の著書に『お願いおむらいす』、『一等星の恋』、『働く女子に明日は来る！』など多数。

編集　片江佳葉子

シルバー保育園サンバ！

二〇二四年十月十四日　初版第一刷発行

著者　中澤日菜子
発行者　五十嵐佳世
発行所　株式会社小学館
〒一〇一-八〇〇一　東京都千代田区一ツ橋二-三-一
編集　〇三-三二三〇-五八二七　販売　〇三-五二八一-三五五五
DTP　株式会社昭和ブライト
印刷所　萩原印刷株式会社
製本所　株式会社若林製本工場

造本には十分注意しておりますが、印刷、製本など製造上の不備がございましたら「制作局コールセンター」(フリーダイヤル〇一二〇-三三六-三四〇)にご連絡ください。
(電話受付は、土・日・祝休日を除く九時三十分〜十七時三十分)

ISBN 978-4-09-386740-5
JASRAC 出　2406360-401